CUENTOS de METAFÍSICA

Proemio.

Una sola cosa no puede evitarse: la vida (y su contrario, la muerte). Aun con disparidad entre los hombres, todos buscan alguna clase de fin, que no siempre se corresponde con el de los otros en lo aspiracional. Así, coexisten dos grandes problemas metafísicos: qué se busca y cómo se busca. Podríamos catalogar un tercero: que no se busque nada, circunstancia que importa también un problema, pero que no trataremos en nuestro caso.

El primero, supone tener en claro el fin buscado y los medios para alcanzarlo; el segundo, cuando menos, realizarlo en la coexistencia con el otro, porque no es posible la soledad de la búsqueda sin la agonía del egoísmo.

El progreso y otras cuestiones distraen a la especie humana de la solución del problema, pero la intuición nos dice que el problema sigue allí. Einstein sostenía que existía un miedo a la metafísica, emparentado con la creencia de poder deshacerse y prescindir de lo dado a los sentidos.

En toda búsqueda, aun cuando se conozca lo buscado, no siempre se encuentra; pero en modo alguno ésto importa decir que no subsiste el problema, y menos aún, que quepa ignorarlo.

La manifestación reiterada y sistemática de pasiones, odios, virtudes, y en general inclinaciones humanas, no nos demuestra la existencia por sí mismo de algo que esté más allá de lo físico; pero esa misma reiteración histórica y permanente, nos descarta la posibilidad de un caos y reafirma la existencia de un orden dado; su sola reiteración no muestra evolución humana alguna, por el contrario, la niega, afirmando alguna clase de diseño original que subsiste.

Basta un ejemplo: nacemos y morimos; ésto no ha cambiado.

Otra formulación de naturaleza borgeana: *Caín sigue matando a Abel.*

En esta modernidad, hay preguntas que no se formulan y no se responden, garantizando la hoguera del consumo, la simplificación de la palabra y la evitación de la idea. Nada escapa a una realidad ignorada por oficio de lo banal, ni a un destino sospechado, pero a la par, ocultado por miedo o por soberbia.

Una curiosa observación de Umberto Eco en *Cinque Scritti Morali*, nos conduce a establecer una paradojal relación entre el *software* y la entidad a la que se le llama alma, toda vez que el mundo de la electrónica transfiere mensajes de un lugar a otro sin perder sus características, y sobreviven como un inmaterial algoritmo cuando abandonan un teléfono y se trasladan hacia una computadora, recordando imágenes, recados, es decir, conservando sus propiedades originarias; por esta vía explicaba la posibilidad de la muerte y la resurrección -aun si decirlo explícitamente-, debido a la conservación en algún lugar del algoritmo intangible del alma, que luego de la desaparición física, permitiera su reproducción exacta. Una intrigante provocación, proveniente de un confeso agnóstico.

Con el recuerdo del filólogo italiano, esa paradoja invitaría a pensar que existe el Espíritu Santo, toda vez que hasta la palabra *ghost* fue utilizada por la informática en sus primeros tiempos, y mediando esta tecnología, resulta sencillo escribir en español con el programa adecuado, y efectuar una traducción simultánea a múltiples idiomas.

Todo ello, mediante una interminable e incomprensible combinación de numeritos binarios. Claro está, que una sugerencia de esta naturaleza, nos llevaría a pensar que la humanidad se ha vuelto religiosa sin saberlo, por la sumatoria de la Gracia de aquel miembro de la Trinidad y la creciente adicción a las pantallas, y en función de lo expuesto, se manifiestan sus dones, tales como el de hablar todas las lenguas y la ubicuidad universal. Proponemos dejar esta cuestión para otra oportunidad.

He aquí, algunos aportes que reflexionan acerca de las dudas del ser y una diatriba contra la comodidad del estar.

I.   El alma.

Una decisión olvidada.

En forma súbita sintió una temperatura que parecía superior a los mil grados. De tanto escuchar noticias, conjeturó que se había desatado el anunciado final nuclear. Enloquecieron, se dijo.

Sin embargo, las voces de niños estaban en el cercano patio escolar; también el murmullo de sus maestras en el oxígeno de un recreo comentando las banalidades que se comparten en estas ocasiones y en tantas otras. Recordó sin la inquietud del olvido, sus tardes en el colegio de campo al que había asistido, sus amigos de la primaria, y a los estoicos arcos de fútbol, que cuando no se usaban para limitar la victoria o la derrota, servían como pasamanos para columpiarse de un extremo a otro de los postes.

Aun así, seguía alta la temperatura. Comprendía, que si aquellos escolares con sus docentes deambulaban por las inmediaciones de la tarde, se debía al fastuoso otoño que llegó a respirar esa misma mañana; los mejores colores de los árboles se adivinaban por todo el barrio, y dejaban trascender, el ruido de la vida que prolongaba el verano con el tímido y progresivo anuncio de un invierno frío.

Había algo paradojal en el ambiente; por una parte, la sensación de hallarse en una erupción volcánica por el desagradable calor que todo lo abrazaba, en tanto por la otra, ese fluido de vivacidad y alegría que se auscultaba por todas partes. Parecía que un río calmo y otro torrentoso, se soldaban formando un único curso de agua, que aun así, mostraba la paz de un lago que reflejaba como un espejo los mejores paisajes montañosos con pehuenes y coihues, que tanto disfrutaba en sus vacaciones en la Patagonia.

Era muy difícil explicar las encontradas sensaciones que se percibían en aquella situación; lo uno y lo otro, se manifestaba al mismo tiempo. También recordó la casa familiar donde pasaban los fines de semana, y como producto de los gustos, empeños y artes de inmigrante de su padre, tenía una variedad de frutales y verduras entremezclados en distintos potreros, y entre los que no faltaban higueras, duraznos, ciruelos. De tanto en tanto, alguna vaca de un vecino que pastaba allí, a cambio de algún litro de leche fresca, que nunca pudo saborear en otra parte.

Las carreras de bicicletas con su hermano, a quien siempre le ganaba, por disfrutar de la comodidad de su mayorazgo, que traía aparejada la posesión de un rodado de mayor tamaño. Por un momento se dijo ¡qué lindo que era todo eso!

Los olores y los colores de su infancia persistían en aquella rivalidad de cuestiones que los sentidos le proveían, como si se hubieran desordenado, anarquizado, y generado un caos de percepciones que se correspondían con épocas, lugares y sensaciones diferentes, pero todo al mismo tiempo.

Cuando sintió que la madera comenzó a crepitar, recordó que había solicitado una sencilla cremación.

Juan López de Rivero

II. El Génesis.

Teodorico y su laberinto teológico.

Flavio Teodorico 'el Grande' fue rey de los ostrogodos, patricio del imperio y gobernante de la prefectura de Italia (474-526); tal como era costumbre, había sido enviado por su padre como rehén a Constantinopla, para asegurar el pago de los tributos de sus tierras, y allí recibió una educación grecolatina, motivo por el cual era conocido como 'el filósofo vestido de púrpura'. Desempeñó un papel importante en las disputas eclesiásticas de las primeras épocas del cristianismo y como todo militar romano había adscripto a la herejía arriana.

Las discusiones religiosas eran intensas aun después del Concilio de Nicea (325) convocado por Constantino, debido a que los gobernantes del imperio buscaban ganar la confianza de sus pueblos y las autoridades eclesiásticas, en épocas en las cuales también era común la inestabilidad política por la paulatina disgregación del poder centralizado romano; aun así, rindió tributo al emperador Zenón de Constantinopla, quien lo envió para reemplazar al general Odoacro, al mando de la provincia itálica. Para sustituirlo organizó un banquete y lo mató con su propia espada, mientras el reemplazado moribundo le preguntaba ¿dónde está Dios? Su eficacia brutal en modo alguno le impidió reflexionar sobre la pregunta final, y habiendo gozado de longevidad, meditó una y otra vez sobre la respuesta adecuada, según cuenta en sus memorias su yerno Eutarico, consignando alguno de los desvelos teológicos del padre de su esposa Amalasunta.

El arrianismo fincó su esfuerzo central en la racionalización de los misterios divinos, y por esta vía, no admitían la existencia de la Santísima Trinidad, colocando en crisis la divinidad de Cristo. Este resultado de simplificación religiosa, llevó a una más sencilla aceptación de las doctrinas de Arrio en la base militar del imperio; el esfuerzo no requería el poder de una inteligencia en abstracto para interpretar la consustancialidad del Hijo, y fue así que penetró fácilmente en el espíritu de los toscos hombres de las centurias. Como todo arriano, Teodorico, comenzó por descreer de aquello que los teólogos de oficio escudriñaban en los misterios, por considerar que en muchos casos se cometían extravagancias, y era partidario de ver las cosas como aparecían a simple vista; fue así que se entregó a la interpretación textual de la Biblia, tratando de responderse aquella pregunta final del asesinado Odoacro.

Sostenía que nada había sido improvisado en el plan del Señor y sus rastros se leen sin esfuerzo en los primeros versículos de la Biblia; se crearon los animales, y luego el hombre que debía nombrarlos; dijo el Señor *'hagamos al hombre a nuestra imagen, según nuestra semejanza; y que le estén sometidos los peces del mar y las aves del cielo, el ganado, las fieras de la tierra, y todos los animales que se arrastran por el suelo'*. En este párrafo aparece uno de los primeros misterios de la Creación, el Verbo provoca la incógnita que se planteara el aprendiz de teólogo, que quedó atrapado en algunas de sus expresiones literales. Escudriñó primero, el alcance de la expresión *'hagamos'*; a riesgo de ser considerado hereje, daba a entender que el Señor se encontraba acompañado por alguien más en aquellos instantes fundacionales; descreyó del empleo del plural mayestático. Revisó una y otra vez los primeros párrafos del Libro Sagrado y no pudo establecer a quién se refería. Descartó a la Santísima Trinidad, aun cuando siempre tuvo la duda respecto del Espíritu Santo, por ser éste, el que habría inspirado la documentación de aquellos actos fundacionales; acaso su escritor, y aun así, no estaba mencionado en el parágrafo y no era propio de un arriano, suponerlo.

Desechó este primer intento debido a que la consustancialidad de los Tres, no hacía necesario de que Yahvé hablara en voz alta, y bastaría sólo con que pensara la cuestión y los otros dos la entenderían en el mismo instante; es posible que en la soledad, el hombre hable solo, pero en este caso se trataba de Dios que era puro Logos. La duda lo siguió arrastrando a la segura dimensión de la verificación de su herejía, debido a la intervención de la serpiente en el pasaje en el que induce a Eva, a pecar. La serpiente dialoga con la mujer, con lo cual no es de descartar que aquel animal tuviera el don de lenguas; de hecho, el Señor se dirigió a ella, maldiciendo su actitud y con claridad refiere el texto Sagrado '...*Y el Señor dijo a la serpiente...*', condenándola a arrastrarse sobre su vientre y otros pesares.

Estos dos diálogos en diferentes y cercanos pasajes del texto, lo indujeron a negar una interpretación literaria, poética o figurativa, debido a que no poseía sentido alguno, para el plano de su exégesis como hombre, que una serpiente pudiera comunicarse con una mujer y que Dios pudiera hacer lo mismo con una serpiente. Admitía que, en otros tramos del Pentateuco, el empleo de medios metafóricos eran útiles para que un pueblo sin educación formal, pudiera entender el odio y la violencia entre hermanos, el mal entre las personas, el dominio de un pueblo sobre otro, la muerte y el pecado. De todas formas, sostenía que había límites y no tenía sentido alguno que se comunicaran con quién no entiende o no puede responderles.

Allí es donde el General interpretó que los animales hablaban por entonces con el Señor y con la primera pareja humana, y en consecuencia, también los escuchaban; aun cuando los humanos no percibieran esta posibilidad, luego de la condena del reptil. Teodorico, teólogo de ocasión y movilizado por la angustia de una muerte cruel que había provocado, no pudo más que concluir que Dios había dialogado con las aves, los peces y las fieras de la tierra, desde los albores de la creación, y fue a ese auditorio al que se dirigió en primera persona del plural, cuando entendió que hacía falta la creación del varón y la mujer para completar su obra.

No fueron pocos los que pidieron la hoguera a hurtadillas para él, pero no pudieron con el poder que conservaba como monarca. Solía comentarle a su biógrafo, su preocupación por los impactos que en la jerarquía eclesial ocasionaría una conclusión semejante. También argumentó que la confianza que el Señor le prodigó a los animales con quiénes dialogaba, se debía a la necesidad de reafirmar uno de sus atributos básicos: la omnipresencia; de esta forma el Creador contaba a lo largo de los siglos con un testimonio permanente de los actos de los hombres, de allí, que instara al hombre y a la mujer, a servirse de ellos, para asegurarse una cercana prueba del mal y el bien que estos cometieran.

Según nos informa el ocasional cronista, en una tarde de su vejez, el acosado monarca habría manifestado en alta voz *'sanguinarios como Atila serán condenados por el testimonio de su caballo Othar'*. Cayó ungido por una profunda aflicción y arrepentimiento, pues siempre había advertido que en la mirada de su perro había una comprensión casi humana de todo aquello que el rey le pedía, aun cuando no gozara del don de lenguas; también manifestó que era muy clara la facilidad de comunicación que existía entre animales, no sólo de la misma especie, sino también, entre especies diferentes. Por un albur que los milenios no pueden explicar, es indudable que el Señor ha ordenado que callaran los animales para que no cometan las imprudencias de la serpiente, pero los ha dejado como testigos de los atropellos del hombre. Se dijo a sí mismo, que Dios se enteraría de su crueldad contra Odoacro, memorando sin esfuerzo la escena de aquel magnicidio, pues recordó la atenta mirada de su perro que no perdió detalle alguno; se supo condenado.

Esa misma tarde bajo los dolientes y escrutadores ojos de su mastín de guerra, desprendió su último suspiro.

Juan López de Rivero

III.   El laberinto.

El "Oscuro de Éfeso".

"Ares, con la descomunal fuerza, jinete de carros, de escudo dorado,
corazón de hazañas, portador de escudos, salvador de ciudades,
armado en bronce, de brazos fuertes, incansable, poderoso con la lanza.
¡Oh defensor del Olimpo! Padre de guerrero de la Victoria, aliado de Themis,
severo gobernador de los rebeldes, líder de hombres justos,
rey de la virilidad, que gira tu esfera ardiente entre los planetas
en sus siete caminos a través del éter donde tus corceles ardientes
te sostienen por encima del tercer firmamento del cielo.
¡Escúchame, ayudante de hombres, dador de un joven intrépido!
Arroja un rayo bondadoso desde arriba sobre mi vida y la fuerza de la guerra..."
(Himno Homérico VIII).

Los saberes del filósofo, conocido como «el Oscuro» por sus expresiones enigmáticas, le llegaron a través de la palabra de su padre Melanopo, quien las escuchó en los incontables viajes que realizó como comandante de la escuadra ateniense a la región de Jonia.

Aprendió de Heráclito en su primera etapa de formación, entre otras enseñanzas, que «En los mismos ríos nos bañamos y no nos bañamos, y que tanto somos como no somos».

Esas dualidades incomprensibles para un niño le remitían a la sentencia que acerca de su destino les fuera revelada a sus progenitores por el oráculo de Delfos a su nacimiento, augurándole la pitonisa que «La plenitud de Zeus para la gloria del Ática le llegaría al vástago como la furia de un rayo al pie de la roca tallada por uno de los hijos de Licaón».

Esa manifestación divina provocó que su padre abrazara de modo ferviente la doctrina del filósofo para la educación de su hijo y que no dejara de repetir sus pensamientos cuando la ocasión le era propicia en el Consejo del Areópago para reafirmar el destino áurico de su primogénito. En sus interminables discursos, joyas de una pulcra retórica, sus pares escuchaban que «Todas las cosas las gobierna el rayo», y que era ese torbellino ígneo el origen del Todo, que fluía por los contrarios, porque «de las cosas discordantes surge la más bella armonía».

En su pubertad y como miembro de la «*ephebeia*», el cosmeta Teofrasto citó en las palabras de bienvenida una frase que le resultaba familiar a su crianza: «La guerra es padre de todos, rey de todos: a unos ha acreditado como dioses, a otros como hombres; a unos ha hecho esclavos, a otros libres», y entendió que era una señal más de su divino destino.

Con el quebrantamiento de la Paz de Nicias se reanudaron las hostilidades en el Peloponeso y con ello sus deseos por la honra prometida por el oráculo délfico para la gloria de Ares.

Fue así que, tras largos años de lucha al mando del ejército de la Liga de Delos, él siempre pensó que terminaría derrotando a los espartanos coronando un lugar de preferencia en el «*Ólympos*».

Esa confianza que tenía la confirmó en la víspera de la batalla, cuando en sueños irrumpió un remoto recuerdo de su niñez en otra máxima de «El Oscuro»: «La muerte es todo lo que vemos estando vivos», y dedujo que Hades le anunciaba que estaba preparado para recibir a sus enemigos sacrificados por su «*xiphos*».

Con el alba, en el campo de batalla y defendiendo las murallas de la mítica ciudad de Mantinea, la jabalina del hoplita surcó el cielo como la furia de un rayo y atravesó su pecho, y viéndose morir escuchando los vítores por la derrota de los espartanos entendió que los dioses, los filósofos y los poetas a través del laberíntico entramado de las palabras y sus discursos les revelan un mundo incomprensible al «*lôgos*» de los mortales.

Luciano Fernández Mata.

IV. La sentencia.

Un hombre sin apellido.

Había sufrido su madre el dolor de un parto que no fue tan natural como se esperaba, aun así, creció rodeado de los suyos, preparándose con sacrificio, para una vida que resultaría compleja, dura, rutinaria en los detalles y en las oportunidades. Al igual que todas las vidas.

Tuvo la suerte de un buen colegio que le suministró las herramientas necesarias para sentir que su existencia guardaba gestos de progreso cultural y material; de tal forma, en el año calendario que había sido dispuesto por alguien, gozaba de algunos días de vacaciones, escasos e insuficientes, para conocer el mar, las montañas y otras complacencias que no le ofrecía su ciudad, tales como el aire puro, la ausencia de ruidos y discusiones de tránsito, la música de un río que hiere a la montaña y transforma a la primer planicie en un lago.

Pudo conocer la magnificencia de la música y el ingenio de la literatura, pero le quedó claro que en ambos casos, apenas disfrutaba de ellas en los cortos momentos libres que tenía durante cada jornada de labor, o bien, trepado a un colectivo oliendo axilas ajenas, sudorosas de trabajo y falta de higiene, mediante la utilización de la tecnología del aislamiento; con esto atesoraba alguna clase de alegría, porque sus auriculares lo confortaban por breves minutos en el tedio del viaje.

En los mismos trayectos, aprovechaba el descanso transitorio del asiento libre, sólo cuando este prodigio se producía. Sentía en estas humildes cuestiones, que cuando llegaba a su casa, luego de un día agotador, conservaba un mínimo de energía para disfrutar de un hijo o caminar sin zapatos.

Casi a diario se enteraba por las noticias, que había conflictos bélicos y muertos por todas partes; que aquello que había aprendido con el Dios de su infancia, seguía allí vigente, repartido como el bien y el mal, con máscaras o nombres diferentes, y que los demás evitaban aquellos términos para no parecer antiguos, pero no conseguían hacerle ignorar su existencia. Se preguntaba qué era el progreso.

También el calendario le prodigaba algún respiro el fin de semana, apenas suficiente para pasear por su barrio, pero nunca le alcanzaba para realizar todo aquello que lo movilizaba desde su pensamiento, cercado por la práctica de la reiteración diaria de los mismos modales, hábitos y vicios.

Eso sí, una vez al año alguien le recordaba que había nacido, celebraba su cumpleaños y se veía acumulando tiempo; en una primera etapa con la atropellada jactancia de la juventud, y luego, envejeciendo en la inercia de la frustración; a pesar de sus estudios, nunca había querido trabajar en una oficina, aun cuando contaba con buenos compañeros de labor e ingresos apropiados a sus expectativas.

Tampoco se explicaba demasiado por qué celebraba y celebraban su vida sólo una vez al año, cuando llegaba a advertir que había motivos más que suficientes para celebrarla todos los días. A pesar de todo no podía hacerlo por el exceso de reglas a la que estaba sometido, y a edad temprana, comenzó a rechazar aquellas fiestas anuales por parecerles una falta de respeto; una invitación a la tristeza del recuerdo de la torpe edad, solo por un día.

El inútil invento de la corbata lo asfixiaba y el de la jubilación le marcaba una fecha de decrepitud.

Los sábados, disfrutaba la siesta del cuerpo y del espíritu; después de toda una semana de prisión horaria, entendía que el reducido tiempo que se extendía entre el almuerzo y las cuatro o cinco de la tarde, importaba una dimensión diferente a todo lo que le ocurría; una puerta a un ámbito en el que se sentía distinto, y al levantarse, podía mirar el mundo de otra forma para recomenzar.

Aquella tarde oyó una voz que lo despertó, estaba desnudo, advirtió que había restos de manzana cerca de una piedra y Eva le pidió que se escondieran entre los árboles del jardín, a la espera de un venturoso porvenir prometido por la serpiente.

Juan López de Rivero

V. El origen.

Infidelidades.

Debemos a dos infidelidades un compendio de relatos fantásticos que nos evocan historias de una tierra lejana.

La primera, padecida por un rey de la remota Persia por parte de su esposa que le fuera revelada por su hermano y que fue la causa para que de boca de otra mujer se narraran historias de esclavos, pescadores, pastores, labradores, ladrones, reyes, efrites y hechizos durante *«Mil y una Noches»*.

También debemos a otra mujer infiel otro compendio de narraciones situadas en la misma geografía, cuyos protagonistas fueron esclavos, pescadores, pastores, labradores, ladrones, reyes, profetas y milagros, cuyas consecuencias perduran hasta nuestros días: la de Eva a su Creador.

En ambos casos, por designios de arcanos superiores o meros caprichos del Destino las víctimas de los engaños fueron los «Dueños del Todo».

Luciano Fernández Mata.

VI.   La especie.

La Traición.

> «Se paga caro ser inmortal. Hay que
> morir muchas veces a lo largo de la vida».
> («Ecce Homo». Friedrich Nietzsche).

«Siempre hay un lugar distinto para volver a encontrarse», espetó el recién llegado rompiendo el silencio a la espera de una rápida respuesta que no se dio, mientras contemplaba la vasta y desconocida planicie que se abría ante sus ojos como un inmenso mar.

Entonces, bajó la mirada y lo vio en cuclillas, recostado contra el grueso tronco de un arbusto que los cobijaba con una amigable sombra en aquel tórrido atardecer de verano. Y también lo vio, sin que su presencia atraiga su atención, sosteniendo en su mano derecha un cuchillo que no cesaba de clavar en el suelo.

A modo de preámbulo y percibiendo la ignorancia del arribado le dijo: «Es un ombú», y sin pausa agregó «Ud. dirá».

«Acá me ve. Lo anduve buscando desde la última vez», le respondió con la solemnidad que imponía la ocasión.

«Entonces, no pierda tiempo moreno y prepárese para morir», e instantáneamente Fierro se incorporó como una saeta en una puñalada que estremeció al desprevenido.

Terminada la fraternal faena y mientras limpiaba de su facón en el pasto la sangre del sacrificado escuchó (una vez más como todas las otras tantas veces) las últimas y repetidas palabras de la eterna letanía del agonizante «Otra vez me traicionaste Caín».

Un instante son todos los instantes, un día todos los días, un lugar todos los lugares y un hecho todos los hechos.

Lo que sucedió en un instante de aquel día en un lugar cualquiera de la llanura pampeana son todos los hechos de todos los instantes de todos los días en todos los lugares, porque una traición es todas las traiciones...

Luciano Fernández Mata.

VII. La verdad.

El papiro perdido.

Las rústicas casas de piedra marcaban el rústico destino de quien sería olvidado por el imperio y recordado por la humanidad; no pudo soportar su exilio dispuesto por Tiberio y confirmado por Calígula, y apareció colgado de una viga de quebracho en el equinoccio de la primavera romana, en algún año del siglo I.

Cuando regresó de Judea, alrededor del 36 (dc), no pudo saber si fue víctima de un designio de la economía de la Redención o de su propia crueldad. Tiberio había escuchado a los líderes judíos que se trasladaron a Roma para protestar por la matanza de samaritanos en el monte Gerizin; el gobernador estaba perseguido por la sombra de una permanente insurrección que no podía terminar de desactivar, aun después de aquella crucifixión. Se dispuso para él, una diminuta villa con unos pocos acres de tierra en la Galia, que le permitirían una mendicante subsistencia; alejado del mando y la lujuria que le habían prodigado los excesos en Galilea, apenas contaba con espacio para los enseres domésticos, algunos papiros que relataban su despótico ejercicio del poder y las pocas joyas de Prócula que tampoco pudo soportar su impotencia frente a lo Inexorable; había fallecido unos años antes.

Su mentor ante Tiberio, Lucio Elio Sejano, lo había acompañado en su vida de funcionario del imperio, y se encargaba de mantener en orden los folios que daban fe de sus actos y que habrían merecido alguna clase de piedad para la memoria histórica, de no ser por la trágica urdimbre de sus decisiones. Lucio pertenecía a una vieja familia quiritaria caída en desgracia durante las traiciones que sucedieron al magnicidio de César; no pudo aspirar a la gloria militar ni a los honores pretorianos, y debió conformarse con acompañarlo en funciones de amanuense para documentar las acciones del gobernador. Fue con él al destierro y ordenó sus documentos, pero aquella mañana había ido al mercado para conseguir algunos encargos de Pilato, y al regresar a la villa, encontró su cuerpo pendiendo de una soga.

Conocía los detalles de cada uno de sus escritos porque a él se los había dictado, salvo el contenido de un folio que nunca redactó de su mano y que el exiliado conservaba siempre en su poder, lacrado y fuera del alcance de otros funcionarios; nunca supo qué contenía aquel papiro, hasta aquella mañana en que halló su cuerpo exánime prolongando la viga. Tampoco le fue fácil ubicarlo, aun cuando sabía de su existencia. Revisó uno a uno los textos, leyendo y releyendo el movimiento de las finanzas de la gobernación, la cantidad de tropas apostadas en la región, los juicios que llevó a cabo y las sentencias que dictó, al igual que la cantidad de crucifixiones que había ordenado, los enseres y armas que se habían adquirido para sostener al ejército, los fondos que le sustrajo al Sanedrín para construir un acueducto y demás detalles de abastecimiento, inútilmente probatorios cuando pretendió defenderse ante Tiberio, por la acusación de la última matanza.

No exhibió al emperador el escrito que conservaba para sí, porque lo atormentaba una gran incógnita: ¿Cuál sería la reacción del César, si conociera una solitaria estadística?; había temido por su vida porque sabía de antemano que en modo alguno sería factible alterar una cosmovisión que contaba con miles de años de seguimiento. Imaginó que si algo tan banal como una habitual represión romana contra sediciosos religiosos podría significarle perder la confianza de Roma, aquel manuscrito, importaba un directo pasaporte a una reclusión por demente.

Cuando fue llamado al orden y debió viajar a la capital del mundo, no pudo hacerlo en barco debido a fuertes tormentas, y emprendió el viaje por tierra, aprovechando a visitar en Cumas, Campania, a la Sibila que recibía las profecías del dios Apolo; intentaba conocer algo de su destino. Había penetrado en la profunda cueva, vio los cien agujeros por donde salen las voces de las cien bocas, atroces y terminantes en sus dictámenes; inquiriendo sobre su destino, oyó decir al coro de piedra *'tu pregunta, ya ha sido respondida'*.

Con más razón optó por retener aquel pergamino.

La curiosidad de Lucio Elio Sejano se despejó aquella mañana, luego de bajar a Poncio de su incómoda situación, ya sin vida, corrió presuroso hacia el estante donde suponía que podía hallarse el escrito; sabiendo que nadie lo reclamaría por la condición de ilustre olvidado de su Pretor; violó el sello de lacre y pudo leer*: "Pascua judía año 33: nuevos desórdenes religiosos, 1 en libertad, 3 crucificados, 1 resucitado ..."*.

No sólo entendió por qué el ex gobernador había optado por seguir la suerte de Judas; también advirtió que Pilato halló una tardía respuesta, a la incontestada pregunta acerca de la Verdad.

Juan López de Rivero

VIII. El bien y el mal.

Otra posible vindicación de Judas.

Borges relata que el teólogo Nils Runeberg en sus obras sobre el tema, se aboca a la conclusión y no a las pruebas[1]; el catedrático de la ciudad universitaria de Lund, exhumado del anonimato por la trama borgeana, carecía de artes de abogado, motivo por el cual no vio las evidencias.

Las fuentes paganas son escasas, pero un análisis conglobado de ellas con los acontecimientos narrados por los apóstoles en el Nuevo Testamento, nos permiten una aproximación a las pasiones que desencadenaron los hechos. Hubo una Pasión y varias agonías.

Coincidimos con el profesor alemán, en orden a que conformarse con la imputación del crimen de Judas a su codicia, es resignarse a admitir el móvil más torpe, y en igual sentido, no podemos suponer un error en la Escritura o un hecho gobernado por la casualidad en el proceso de la redención.

En el plano del análisis humano, el efecto se nos presenta más evidente que la causa, y por cualquier efecto puede ser demostrada su causa (*demonstratio quia*), siempre que los efectos de la causa se nos presenten como evidentes[2], debido a que carecemos de herramientas para sondear la mente divina. Aquel Mesías, en tanto hombre que era, había temido por su final pidiendo al Padre en el monte de los Olivos, que le aparte el amargo cáliz; como Dios, que también lo fue, pudo comprenderlo y aceptó los cánones proféticos.

Ante semejante limitación de nuestra inteligencia, nos resta intentar el camino de analizar las actitudes de los demás protagonistas de aquellos días en Judea; ninguno de ellos era Dios, y así la develación del enigma, nos debiera resultar menos insondable. Trabajaremos sobre los efectos por desconocer las causas.

Debemos admitir, en primer término, que Runeberg nos moviliza a través de Borges, y lleva a plantearnos innumerables preguntas: ¿Era necesario que el Sanedrín abonara treinta monedas de plata para que un servidor allegado a Cristo, lo entregara?; en igual sentido ¿Por qué motivo se montó semejante estrategia para individualizar y arrestar al Mesías, que enseñaba habitualmente en la sinagoga?;[3] ¿Quiso Cristo mostrar en Judas, todo lo malo que debía renovarse en el hombre, y con ésto, la exhibición de la traición exhibe el pecado a remediar?; ¿Por qué condenar a la indignidad del infierno a uno de los que Él mismo había elegido, existiendo otros caminos, también humanos, para arribar al mismo objetivo?; ¿Si Jesús conocía de antemano la conversión que se operaría en los apóstoles, por qué razón iba a desconocer desde un principio la posterior traición de Judas, más aún, teniendo en cuenta, que los actos del traidor podrían haber arrastrado a la crucifixión de la pequeña comunidad de los hombres escogidos, y con ésto, al fracaso de la divulgación evangélica?; ¿Por qué motivo Él, todo misericordia, condenaría al infierno a uno de sus seguidores, a quién además, le había confiado la administración de los recursos de la pequeña comunidad apostólica? Muchos de estos interrogantes debieran despejarse conociendo sus causas; tarea improbable por pertenecer al diseño divino.

Las preguntas podrían seguir enumerándose y conformar una larga lista que intentaremos resumir en una sola cuestión ¿Fue el Señor quien administró los aspectos de la Pasión, o bien, los enconos y miserias de los hombres cambiaron los planos de acción, y en definitiva, se cumplió con el mismo fin anunciado por los profetas, pero por otros medios?

En otros términos ¿Cuál fue la intención inicial del Sanedrín y de Judas, al entregarlo a Cristo?

Veamos el escenario que se establece en el Libro Sagrado.

Pilato tenía su sede militar y política en Cesárea, pero se trasladaba a Jerusalén para las Pascuas, porque concurría al lugar mucha gente y se producían disturbios; Barrabás fue detenido por un homicidio con finalidad sediciosa[4]; Herodes era rey de Judea y sus relaciones siempre fueron inestables con Pilato y con el Sanedrín. Acerca de Cristo, como anticipamos, sólo podemos decir que sabía que llegaba su hora y decide entrar en Jerusalén en plena celebración de la Pascua judía.

Ninguno pareció haber ahorrado esfuerzos para evitar la situación, salvo el Señor que cumplía su Mandato, tenía otra misión, que no era política, aun cuando en la base de la política siempre está el *anthropos*.

De la evaluación de hechos y personajes ajenos a la divinidad del Mesías, surge una coincidencia y paralelismo de conflictos, y acaso, sólo una diferenciación de medios para su logro.

El Padre, ya había guiado a Moisés para liberar a su pueblo en Egipto de una esclavitud de siglos, para ello, no dudó en ahogar a los soldados del faraón en el medio del mar Rojo; los débiles se imponían al imperio poderoso con la ayuda divina, sin ahorro de dureza ni sacrificios de vidas. En realidad, no debiera ser muy distinto en la Jerusalén del siglo I. No obstante, pareciera desprenderse de la Escritura, que con el éxodo, quiso salvar a todo un pueblo, en tanto con la Pasión, el objetivo estaba dirigido al hombre individual, y la herramienta no era la confrontación con el poder, sino el ejemplo del dolor.

En trance de mera especulación, diremos que se había descartado el intento de castigar al poder y ayudar a todo un pueblo, por interpretar que era muy difícil cambiar las cosas desde el conjunto hacia el individuo, y en esta ocasión, el Creador habría preferido el camino inverso; la transformación del hombre en pecado, desde su individualidad, debía producir el cambio del conjunto. Este razonamiento parecería estar interpretando los planes del Señor, cuestión que ya adelantamos, es ardua por nuestras limitaciones, pero no podemos dejar de ensayarla por razones de soberbia intelectual.

Jesús se encuentra entre todos los actores del necesario drama, cuyas actitudes han quedado documentadas para la historia, exhibiendo egos y elucubraciones; en el milenario análisis queda, en un extremo, un Dios salvador, y en el otro, la más triste de las patologías humanas: un supuesto traidor. En el medio, hubo matices que nos proponemos mencionar.

Pilato es descripto por el filósofo judío Filón de Alejandría (c. 20-50 d.C.) como "un hombre inflexible, testarudo, y de disposición cruel" (*Sobre la embajada a Gayo*, 299-305), de ascendencia plebeya, pues su *nomen* Poncio, deriva del nombre de la familia Pontii de Roma, que carecía de orígenes nobles. Este antecedente personal del Magistrado de la provincia de Judea, nos alerta sobre una primera característica de su personalidad, en orden a establecer que privaban sus sentimientos y actitudes de fuerza, propias de quien había sido enviado a poner orden, antes que la de un filántropo interesado por el destino humano.

Sin embargo, frente al Sanedrín, las escrituras lo describen con una mayor dosis de indulgencia que aquellos religiosos que lo integraban, e insiste en varias ocasiones ante los allí reunidos, respecto de la inocencia de El Salvador, aun cuando los sabios judíos reclamaban por las intenciones monárquicas del detenido. No pareciera que las decisiones del romano fueran producto de un apresuramiento democrático de ocasión o un conformismo pagano mediante el cual se autoexoneraba de culpa, en un episodio intrascendente para el imperio. En otros términos, el Procurador, no debió sentir que se hallaba frente a un incidente estrictamente religioso, y fue agotando instancias, tratando de averiguar en cada una de ellas, dónde podían verificarse los signos de la traición insurreccional de los sacerdotes.

Para Pilato, Cristo fue un ocasional instrumento, al igual que para el Sanedrín, pero en ambos casos, por motivos contrapuestos.

Flavio Josefo, historiador judío del siglo I, abona la tesis de la compleja personalidad del gobernador y jefe militar de Cesarea en *Las Guerras de los Judíos* (capítulo VIII, 'Del regimiento de Pilato y de su gobierno'). Ha documentado que las revueltas eran cuestiones cotidianas como consecuencia de la inobservancia del particular *status* religioso que los Césares le reconocían al pueblo elegido; los había desafiado mediante la colocación secreta y nocturna de varias Semaias[5] del emperador en Jerusalén, cuestión en la que debió retroceder por orden del mismo Tiberio. Cuando el pueblo judío reclamó por el retiro de los ídolos allí colocados, frente a la primera negativa del funcionario, protestaron durante cinco días con sus noches, los rodeó con su ejército, debiendo luego retirarlo; les había sustraído del Corbonan sagrado, recursos del templo para construir un acueducto, y frente a las protestas, mandó a su ejército a matarlos apaleados. En este último episodio, había mezclado a sus soldados entre quienes protestaban 'armados y disimulados', pero con órdenes de no usar sus espadas, y fue así, que muchos murieron por los golpes y otros por haber sido pisados por la multitud en la estampida.

La crónica del historiador, coincide en un punto basal a los fines de nuestro informe, con el texto evangélico y en orden a métodos que se han conocido por aquellos tiempos.

Se narra que los sacerdotes 'comenzaron a acecharlo y le enviaron espías, que fingían ser hombres de bien, para lograr sorprenderlo en alguna de sus afirmaciones < ¿Nos está permitido pagar tributo al César, o no?> Pero Jesús se dio cuenta de sus malas intenciones, y les dijo: <Muéstrenme una moneda. ¿De quién son la imagen y la inscripción?> Ellos respondieron: <Del César.> Entonces Jesús les dijo: <Pues den al César lo que es del César, y a Dios lo que es de Dios>'[6] .

Sobre el mismo episodio, tanto Mateo (22, 16) como Marcos (2, 13), mencionan que en esta confabulación había fariseos y herodianos.

Lo cierto es que podemos inferir, tras el cotejo de fuentes religiosas y paganas, que el espionaje era una práctica común de los soldados de Pilato, los guardias del templo y las tropas de Herodes[7]. Aun cuando este sistema no haya sido un mecanismo de precisión con auxilio tecnológico, es idóneo para colocar una vez más bajo dudas, la necesidad de entregarle treinta monedas de plata a Judas para que delate a su maestro, más aún, si se lo podía arrestar mediante el sistema de espías que existía. Por otra parte, si el Sanedrín estaba dispuesto a terminar con Cristo, corría el riesgo de que el mismo Judas le avisara a su rabí de los planes sacerdotales y ninguno de ellos apareciera por Jerusalén en la celebración; y en igual sentido, y con peor gesto, las tratativas de los sacerdotes con un traidor de semejante talla, bien podrían haber concluido con la huida de Judas con su paga y sin entrega alguna. Corrieron un innecesario y excesivo lance.

Se puede entrever, sin mayor esfuerzo, que existió otra trama en orden a las intenciones de los sacerdotes y el rol de Judas en los hechos.

Llama la atención la insistencia de los sabios religiosos acerca de la supuesta autoproclamación del Dios vivo como rey de Judea y el canon de la negativa de Pilato sobre este aspecto específico. Los primeros, lo habían dejado enseñar en el templo, se lo llamaba rabí, sabían que tenía una respuesta adecuada para todas las provocaciones que le interponían, conocían de sus milagros; el segundo, seguramente poseía información sobre los mismos aspectos, además, en ningún momento se había enterado de que hubiese siquiera mencionado su intención de ser rey; por otra parte, de haberlo hecho, el problema era de Herodes y no de Pilato. Y fue el mismísimo Herodes, quien también lo absolvió, cuando lo enviaron a su presencia. La supuesta condición de rey terrenal de Cristo, no habría sido un tema que haya preocupado al poder político, es más, no podemos perder de vista que por mucho menos, Herodes decapitó a Juan el Bautista. Pilato y Herodes relativizaron una acusación semejante; el primero quería conocer la verdad, al segundo, le convenía la insurrección; ambos intentaron dejarlo con vida.

Resulta difícil, desde el análisis de los diversos testimonios, sostener esta hipótesis de la reyecía terrenal, en tanto sincero curso de acción por parte de los sacerdotes del templo para eliminar a Cristo. Por otra parte, es el mismo Cristo que frente al interrogatorio de Pilato respecto de su eventual condición de rey, se limita a contestar en forma casi enigmática 'tú lo dices'.[8] Esta última expresión es notoriamente anfibológica, debido a que puede significar: a) tú lo dices porque sabes que es cierto debido a que te lo han contado tus informantes, o bien, b) tú lo dices, pero yo nunca he dicho eso y ya lo conoces por tus informantes. Es indudable que Pilato conocía la opción b). De allí, su insistente indulgencia.

La descripción de la personalidad de Pilato que realiza Flavio, nos induce a creer que era un verdadero psicópata con rasgos perversos e inteligentes; lúcido, no muestra sentimiento de culpa por el dolor ajeno, y en general, se observa esta tipología en muchas personas que acceden al poder político. Mantiene la frialdad en momentos difíciles, que a veces, él mismo genera. El procónsul romano mostró estos síntomas patológicos en los cortos pero precisos pasajes del evangelio en los que se narra el tiempo de la Pasión.

Recibir a Cristo y enviárselo a Herodes, aun cuando ya había proclamado que no tenía culpa, importaba dejarlo en manos de quien había decapitado a Juan el Bautista; también le permitía auscultar en la respuesta de Herodes. Tomarlo de regreso, y aun cuando manifestaba por segunda vez que no era culpable, interrogarlo una tercera vez sobre el mismo punto y decidir su flagelación y crucifixión, muestran una vez más su indiferencia por el destino de un inocente. La acción de lavarse las manos transfiriendo las culpas al Sanedrín (de noble cepa cinematográfica) y conociendo que era inocente, importan una vez más, una transferencia de culpa hacia terceros por un deleznable acto propio; era Pilato quien debía decidir, y así lo hizo, sobre la vida de Cristo. El psicópata perverso nunca reconoce un sentimiento de culpa.

El perverso inteligente, disimula su perversión bajo el manto de una aparente amabilidad, complacencia y simpatía, pero siempre utiliza al otro como un instrumento. Pretendió ser un demócrata complaciente y simpático, dando a elegir entre Barrabás y Cristo, cuando en realidad tenía otras intenciones propias de su patología personal apremiada por las exigencias de la función.

Por su condición de hombre de poder, adunado a las molestias y gastos militares por haberse tenido que trasladar desde Cesarea a Jerusalén por la Pascua, el signo que ofrecía la detención de Barrabás por un homicidio de naturaleza sediciosa[9] y la particular insistencia del Sanedrín respecto de una reyecía que él sabía que no existía, conjeturamos que su conducta estaba dirigida a una cuestión muy diferente que la de condenar o absolver a un rabí judío: quería saber si los acontecimientos mostraban en profundidad las raíces de una traición de los sacerdotes y su pueblo, dirigidas a borrar de Judea al imperio romano.

Herodes, que había decapitado a Juan, ahora le devolvía a Cristo sin hacer nada; acaso, en la mente de Pilato rondaba también la posible traición revolucionaria de aquel reyezuelo local, y éste, no le ahorraba la sospecha.

Por tal motivo, adquiere verdadera importancia una pregunta que le formula Pilato a Jesús, y que sólo recoge Juan en el texto de su evangelio: '¿Qué es la verdad?'[10]; se la dirige a continuación del pasaje en el cual se narra por parte del mismo evangelista, la asunción por parte de Cristo de su reyecía sólo para dar testimonio de la verdad. Pero Cristo no responde la pregunta, calla, y aun así Pilato lo exonera de toda culpa. Sólo un filósofo o intelectual, pregunta y se pregunta por la verdad, y Pilato no era ninguna de las dos cosas; buscaba otra verdad.

Es difícil suponer, debido a la personalidad violenta del procónsul, que el interrogatorio en este punto, haya estado dirigido a conocer alguna fórmula similar a la que elucubrara siglos más tarde Isaac en *Definitionibus*[11]. Una pregunta de esta naturaleza está reservada sólo a religiosos o filósofos y no a gobernadores militares o burócratas administrativos, cuya única tarea era recaudar impuestos y mantener la paz, ante un pueblo difícil. Posiblemente en el ánimo de Pilato se haya configurado la fantasía de esperar que Cristo delate al Sanedrín, en orden a algún plan revolucionario que barruntaba su paranoia. El canalla cree que todos son de su misma condición.

El historiador de Alejandría no sólo nos informa de los diferentes agravios que previamente había cometido Pilato contra los habitantes de sus dominios políticos y su religión, sino también, que la crucifixión de Cristo fue un episodio intermedio entre la expoliación de los dineros del templo y múltiples alzamientos contra la corrupción de quienes representaban al César. La gran rebelión siguió en fermento y estalló en los años 60 d.c.

Con relación al procedimiento de democracia directa que ensaya Pilato, Filón no registraba antecedentes de esta naturaleza en el imperio, pues no han surgido evidencias que permitan asegurar que haya sido una práctica habitual ofrecerle al pueblo, en días de fiesta, la liberación de un detenido, para elegir entre otros tantos de la misma condición. Esta situación nos hace suponer distintas cuestiones: a) Pilato, fiel a su personalidad perversa, lo utiliza por primera vez, en la idea de averiguar las intenciones de los sacerdotes y de Herodes, y en orden a confirmar o descartar, la vinculación que los mismos podrían haber tenido en el hecho del homicidio sedicioso, por el cual había sido detenido Barrabás; b) en función de lo expuesto en el punto anterior, Pilato sólo ofrece dos opciones: Barrabás o Cristo; cuando en realidad, ese mismo día tenía por lo menos a otros dos detenidos, a tal punto, que Cristo muere en el medio de dos ladrones. Si Pilato hubiese ofrecido una opción de cuatro personas (Cristo, Barrabás y los dos delincuentes), frente a la elección a voz alzada que hizo el Sanedrín por Cristo, nunca podría haberse enterado que el Sanedrín quería salvar a Barrabás; el gobernador, hubiera quedado envuelto en una duda. De todas formas, este último aspecto también arroja incógnitas respecto de las intenciones de los sacerdotes.

Ofreciendo una elección binaria, le quedó claro a Pilato que se pretendía libre al homicida sedicioso y no al rabí que había echado del templo a los mercaderes, cuestión esta última, muy poco favorable a los intereses presupuestarios del Sanedrín, pues seguramente aquéllos, abonaban un aforo. Había tensiones de poder político y económico ajenas al Mesías.

Por otra parte, si el pueblo alentado por los sacerdotes, hubiese optado por salvar a Cristo y condenar a Barrabás, Pilato podría haber entendido que elegían esa opción, sólo con la idea de disimular la participación que habían tenido en la preparación de hechos sediciosos contra el imperio; hubiera importado desenmascarar la participación religiosa en la inestabilidad de su mandato.

Este razonamiento nos conduce una vez más, a analizar los motivos por los cuales invirtieron treinta monedas de plata para pagarle a Judas; dijimos que no era necesario reconocerlo o identificar el lugar donde predicaba o rezaba Cristo, debido a que la Jerusalén del siglo I, una pequeña ciudad de Judea, permitía una fácil ubicación de su persona y séquito. Y es en este aspecto del drama, donde debemos retomar a Nils Runeberg, toda vez que ensaya la idea del ascetismo de Judas, que obrando con enorme humildad, se habría creído indigno de ser bueno y optó por la delación para buscar el infierno; interpretamos frente a estas expresiones, que el delator aceptó el papel para que puedan cumplirse las escrituras y no por simple codicia, tal como el mismo teólogo sugiere.

Ahora bien, de ser éste el caso, por qué motivo habría tomado las treinta monedas de plata; conociendo de antemano su papel, lo hubiera hecho en forma gratuita, sin recompensa alguna, tan sólo para cumplir ascéticamente con lo profetizado, y no agregar otro pesar en su tránsito hacia un recuerdo histórico como el modelo de traidor[12]. Este supuesto arreglo económico entre Judas y el Sanedrín, nos moviliza una vez más a reflexiones que intentan superar el aspecto de la codicia, como el móvil de la traición.

Una vez entregado su Señor al cuerpo armado del Sanedrín, Judas devuelve el dinero y se suicida. Esta circunstancia no alcanza por sí sola para mostrarnos un simple y tardío arrepentimiento por la delación de su Dios ¿Se quita la vida y reintegra las monedas, tan sólo porque Jesús había sido condenado?, ¿Qué otra cosa esperaba si la traición hubiera sido su móvil?, es decir, ni siquiera llegó a saber de la resurrección como para verificar que efectivamente era un Dios, y con ésto, advertir su gravísimo error; sigue pareciendo muy torpe la idea de la codicia y se abre paso la hipótesis de una supuesta utilización del Mesías como herramienta de desestabilización del imperio.

Borges en su cuento ya citado, rescata una idea de De Quincey, en orden a que el apóstol entrega a su maestro para forzarlo a declarar su divinidad y encender una importante rebelión contra Roma. Interpretamos que en este punto, pudo haber fincado la ingenuidad de Judas; presionado por los sacerdotes del Sanedrín, acaso, inducido por la idea de una definitiva instauración del reino en la tierra con la herramienta de la sedición revolucionaria, Judas habría participado de la estrategia de los sacerdotes para provocar una verdadera pueblada, más aún, porque los recientes sucesos de la resurrección de Lázaro generaron una auténtica conmoción en el pueblo israelita y una importante afluencia de seguidores a Jerusalén.

Aquéllo que Judas imaginó como una congregación de acólitos de vastas proporciones desalojando a Roma de Judea, se transformó en una situación donde hasta Pedro negó tres veces a su Amigo; por designio divino había fracasado todo, y además, los sacerdotes tomaron distancia de Cristo para alejarse de la idea de una revolución que hubiera sido más intensa con Él a la cabeza, que con Barrabás como líder.

Debido a que Pilato había advertido que existía un nuevo germen insurreccional, el Sanedrín arrastró al pueblo para crucificar al inocente que habían pretendido manipular por la fuerza de su predicamento, que era superior a la de un ladrón convertido en activista revolucionario; esta última circunstancia, ha sido de reiterada verificación en cualquier otra historia.

Cristo no era partidario de la violencia y no se sumó a lo que advirtió desde un primer momento, optó por el silencio, acaso, sabiendo que luego todo el imperio romano iba a ser cooptado por el cristianismo, y aquél, fue su formidable herramienta de difusión. Para qué derramar sangre, si el anuncio de la buena nueva se cumpliría de todas formas y hasta utilizando el extendido e inteligente idioma de Roma, como su vital instrumento.

Como acontecimiento de impacto religioso, tendría en la historia una mayor capacidad de rendimiento, la crucifixión de un Dios que el sacrificio de un ladrón aspirando a ser un torpe revolucionario; he aquí rastros de la inexorable inteligencia divina.

Esto podría explicar el silencio del Redentor frente a Pilato y no resultar extraño que haya callado; Él, que había encontrado las mejores y más ubicuas palabras para movilizar a su pueblo[13], las más duras para amonestarlos[14] y las más simples para que lo entiendan[15]. En el momento de su arresto en el monte, luego del beso de Judas, puso de inmediato los límites y rechazó cualquier programa que hubiera importado desestabilizar al poder, contaba con medios suficientes para emplearlos[16] y producir la caída del imperio; en ese mismo instante, habría comenzado la frustración y el arrepentimiento suicida de Judas.

Cristo no había cedido porque se manifestó como Dios, en tanto que Judas, lo seguía viendo como un hombre; este último, fue el error permanente de los doce durante la vida de Jesús.

Nuestra conclusión, es que no compartimos la idea del ascetismo del Iscariote, ni mucho menos la de la traición, pues pareciera que fracasa al interpretar el mensaje, que tanto le costó a Cristo hacer entender a todos sus apóstoles, y a pesar de sus esfuerzos divinos, muchos de ellos recién lo comprendieron al verlo resucitado. Judas pudo haber confundido alguna de las enigmáticas parábolas del Mesías, y movilizado por los sacerdotes del templo, trocó los fines religiosos de su Señor, por los pragmáticos y revolucionarios de los líderes judíos.

En igual sentido, tanto el yerro de Judas como el argumento de los sacerdotes, podrían provenir de una incorrecta interpretación de dos pasajes bíblicos; por un lado, en Jeremías se lee 'nunca le faltará a David un sucesor que se siente en el trono de la casa de Israel'[17], en tanto que en Zacarías, se advierte acerca de los treinta ciclos de plata en que será valuado el Señor[18].

Acaso comprendió antes de su suicidio, que había equivocado el camino y por eso devolvió las treinta monedas, cuyo destino original pudo haber sido financiar la ímproba rebelión en Judea, debido a que toda sedición exitosa necesita de dinero para armas y otros pertrechos. Los traidores, avaros y ambiciosos, no se suicidan; disfrutan del botín de su empeño.

Lo analizado nos permite concluir, una vez más, que el hombre dispone del libre albedrío y en ocasiones se enamora torpemente de los medios; Dios, siempre tiene en vista los fines y lo deja actuar para su salvación o condena.

Juan López de Rivero

[1] *Tres Versiones de Judas,* 1944.

[2] Santo Tomás, *Suma Teológica*, I, II-2.

[3] Mt 26,55, Lc 21,37 y 22,52, Jn 18,20

[4] Lc 23,19.

[5] El estandarte de la legión con el busto del emperador.

[6] Lucas 20,22-25.

[7] En este punto, evitamos citar fuentes que exhumaron supuestas cartas de Pilato a Tiberio, pues las mismas se encuentran redactadas en griego y con un estilo notoriamente medieval. En ellas se reconoce la existencia de tales procedimientos por parte de Pilato.

[8] Lc 23,2.

[9] Mc 14,43

[10] Jn. 18,38.

[11] Citado por Santo Tomás, *Suma Teológica*, I, c.16, a.2: *'Veritas: adequatio res intellectus'*.

[12] Tal como mencionamos, por carecer de herramientas para conocer las causas divinas, de haber resultado Judas una planificada herramienta en el trance de la pasión, es posible que goce de un merecido indulto Celestial.

[13] Mt. 5,3

[14] Lc. 3,7.

[15] Jn. 16,29.

[16] Mt. 26,53.

[17] Jr. 34,17

[18] Zc. 11,12.

IX. La intuición.

AQUILES

> «La vita é inferno all ' infelice»
> («La forza del destino». Giuseppe Verdi).

Por ocultos y misteriosos planes de la divinidad Johann Ludwig Heinrich Julius Schliemann estaba llamado a trascender.

Portador de ilustres patronímicos que evocan no sólo a genios de la música sino también el alma guerrera del "César", no es un dato azaroso que Schielmann naciera en la ciudad de Neubukow, Gran Ducado de Mecklemburgo-Streliz, en la fecha de la conmemoración de la Epifanía de nuestro señor Jesucristo de 1822, que simbólicamente representa la sumisión del mundo conocido al Hijo del Hombre.

También como aquél, se crio en el seno de una familia humilde, siendo su padre un modesto pastor protestante, quien le transmitió una pasión como el Creador a su hijo dilecto.

La revelación de su destino, sin saberlo, le llegó a temprana edad de la mano de su progenitor Ernest Schielmann.

Como relata Schielmann en su autobiografía, recibió como regalo en la natividad de 1829 un ejemplar del libro "Historia Universal para los niños" de Georg Ludwig Jerrer y recordó toda su vida como quedó impactado desde pequeño por el grabado de Johann Michael Voltz, en el que representaba a Eneas con su padre Anquises y su hijo Ascanio huyendo de la Troya en llamas.

Como Eneas, Schielmann huyó de su Troya llevando de por vida esas imágenes grabadas a fuego en sus retinas.

Su inocente infancia trocó con la muerte de su madre durante el noveno parto de un vástago que conllevó la decadencia de su padre, quien ahogó sus penas en el alcohol, siendo su prole víctima de su violencia doméstica.

En los hijos se verificó, sin que lo vislumbraran, otro suceso al que otrora supo exponer la divinidad: la diáspora, recalando en distintas casas de familiares como la del pueblo elegido en la búsqueda de un sueño.

Para Schielmann sobrevinieron sufrientes años de duros trabajos en aras de un porvenir, en los que primó el espíritu guerrero de Julius sobre sus otros armónicos y sinfónicos prenombres en las diarias batallas que dio a la adversidad.

Durante un lustro trabajó en tiendas donde se le manifestó una nueva señal de su destino, sin saberlo, pero que en la postrimería de su vida lo documentó en su autobiografía.

Así, refiere Schielmann que en una noche atendió a un molinero llamado Niederhoffer, que también como su progenitor, era discípulo de Baco y pastor protestante; quién, a pesar de su estado de beodez, no había olvidado a Homero y recitó más de cien versos del poeta, observando la cadencia rítmica de los mismos, y agrega que "Aunque yo no comprendí ni una sílaba, el sonido melodioso de las palabras me causó una profunda impresión. Desde aquel momento nunca dejé de rogar a Dios que me concediera la gracia de poder aprender griego algún día".

Tras un accidente ocupacional, Schielmann buscó otro horizonte, y se embarcó rumbo a Venezuela, su nuevo Paraíso, del cual fue expulsado antes de llegar, pues a poco de zarpar su barco naufragó frente a la costa de los Países Bajos.

Este traspié no doblegó a su Julius y como una nueva señal, en la ciudad de Ámsterdam recibió la ayuda de un amigo de Hamburgo que era agente naviero y del Cónsul General prusiano, y comenzó a trabajar en una agencia comercial de la casa Schröder.

Todo estaba predestinado para Schielmann y como otro rasgo de su destino, tuvo su Babel. Dios, sabedor del deseo de aquel joven tendero, le concedió el don de las lenguas.

A los veintidós años aprendió y hablaba con fluidez siete idiomas, y a lo largo de su profusa vida más de diecinueve, entre ellos, neerlandés, inglés, español, francés, portugués, ruso, italiano, griego, griego antiguo, árabe, turco, danés, sueco, esloveno, polaco, hindi, persa, latín y chino.

En 1846 fue destinado por su empleador como su representante en Rusia, desempeñándose exitosamente en Moscú y San Petersburgo. En 1851 se independizó abriendo su propia oficina mercantil dedicándose a la reventa de oro, consiguiendo una enorme fortuna a sus 30 años.

Con su futuro económico asegurado, desempolvó su primigenia y única pasión heredada de su padre con aquel libro que le regalara en su niñez para una Navidad; y, en las distintas ciudades a las que viajaba por cuestiones mercantiles no dejaba de dedicar la mayor parte de su tiempo a visitar los museos, permaneciendo horas en las galerías dedicadas a la Antigüedad contemplando solitaria y silenciosamente todas y cada una de aquellas joyas del pasado saqueadas por los distintos imperios.

Ya radicado en París, Schielmann a sus 44 años comenzó sus estudios de "Ciencias de la Antigüedad y Lenguas Orientales" en la Universidad de La Sobornne y como parte de su formación y gracias a su holgura económica, emprendió viajes al mundo antiguo, embarcándose en distintas ocasiones hacia Egipto, China, India y Japón.

A Schielmann los hados le auguraban una nueva señal en una visita que hiciera a Pompeya.

Mientras caminaba en una tarde de un caluroso verano de la Campania por las callejuelas de desparejas piedras contemplando las distintas estancias ruinosas de la ciudad, irrumpieron en su pensamiento su padre, Georg Ludwig Jerrer y Johann Michael Voltz (reparando recién en su adultez que con estos dos inspiradores compartían nombres), el molinero Niederhoffer y su declamación de los versos homéricos y el mismo Homero, quienes lo guiaron a concluir que del mismo modo que las excavaciones en Pompeya destruyeron su leyenda, la Ilíada (que para él constituía un relato histórico) destruiría el mito de la legendaria Troya.

Esta sentencia sería el motor de sus próximos años de vida, a pesar de las reiteradas y enfurecidas críticas que al respecto le propinaban sus colegas del Instituto de Arqueología Alemán, de la Academia de Ciencias de Baviera y de la Real Academia Sueca de Letras, Historia y Antigüedades, de las cuales era miembro de número.

Ello, en lugar de doblegarlo y como tantos otros escollos de su vida, constituía una nueva motivación para su Julius.

Hoy, como tantos otros días previos en el último semestre, me encuentro en la biblioteca de la Universidad de La Sorbonne consultando bibliografía y recabando información acerca de Johann Ludwig Heinrich Julius Schliemann para mi tesis doctoral.

Entre todo el material bibliográfico que tenía en la mesa de trabajo irrumpió, ya sea por misericordiosa iniciativa o descuido del bibliotecario, el diario de excavación de mi personaje, lo que motivó el abandono del resto del material de estudio y que me abocara con ansioso frenesí a su lectura de modo exclusivo. Abruptamente me detuve en la hoja fechada el jueves 6 de febrero de 1873, que reza textualmente:

"Inscripción hallada en una piedra al pie de las ruinas de la puerta Esceas:

'El engaño al oráculo de Calcas, Ifigenia,
fue el trágico destino de Héctor,
de toda una ciudad
y el mío propio, a pesar de mi divinidad.
Todo inmortalizado por Homero'

Yo sabía que tenía razón".

La verdad fue revelada: Troya resucitó.

La sucesión de los hechos en la vida de los mortales, que parecen sutiles o consideramos irrelevantes pero que tienen una significación que no llegamos a comprenden cuando se nos manifiestan, no son producto de la casualidad.

Quizás Homero, Eurípides, Aquiles, Ernest y Johann Ludwig Heinrich Julius Schliemann, Niederhoffer y quien escribe, no somos más que apóstoles de una nueva buena, involuntarios engranajes de un plan divino…

París, viernes 6 de enero de 1899.

Luciano Fernández Mata.

X. La tragedia.

Salmo 41:10.

«Sabía que esas no eran alucinaciones, sino eslabones de una cadena oculta, sólo lógica y persuasiva para una inteligencia que hubiera trascendido los límites de la casualidad»
(«Justine». Lawrence Durrell).

«Porque el Hijo del hombre va por el camino que le ha sido señalado...».
(Lucas 22:22).

Alzó el pan y antes de ofrecerlo recorrió, con la mirada férrea de aquellos que están llamados a trascender en la historia, uno a uno a sus pascuales comensales.

Cuando llegó al último de ellos, las fuerzas de sus destinos colisionaron y vio reflejada en aquellas pupilas su Pasión, haciendo que, ante el advenimiento de su sufrimiento, inclinara la cabeza y entrecerrara sus ojos cuan sumiso cordero sacrificable.

Sólo atinó a musitar instintivamente de modo desafiante a su Creador «Házlo», reflejando la soberbia de su naturaleza humana, de la que supuestamente carecía pero que a veces se le revelaba, sin advertir -una vez más- la ingobernalidad de todos los acontecimientos de su piadosa vida.

La orden impartida no iba a alterar el destino sálmico de esta letanía de traición, que el genio musical y poético de un rey compuso veintiocho generaciones atrás para devolver el antiguo esplendor a la dinastía Davídica.
Los restantes actores de esta alquimia no presenciaron (estando presentes) el segundo acto de esta tragedia, porque el reloj del tiempo se

detuvo lo que demandó aquella lacónica sentencia. Cuando se reanudaron sus vidas, el hijo de Simón Iscariote ya no estaba entre ellos, sin que advirtieran su ausencia.

Con su resurrección cumplió una vez más los designios de «El Otro», pero ganó su última e íntima batalla, tan humana como inconfesable para él: el miedo a la muerte.

Luciano Fernández Mata.

XI. El fin.

Ecce homo.

"Como un cordero al degüello era llevado,
y como oveja que ante los que la trasquilan está muda,
tampoco abrió la boca. Tras arresto y juicio fue arrebatado..."
(Isaías 53, 7-8).

En su última noche de rezos en el Huerto de los Olivos le fue presentado su destino que lo representó en la mañana del siguiente día según el guion prefijado.

Ni siquiera las únicas palabras que un relegado gobernador de provincia expresó en su defensa a una multitud que lo reclamaba, impidieron (aún sin encontrar culpa en Él) torcerle su fin de crucifixión para que se cumpliera su profética vida.

Fue recién diecinueve siglos después que un filósofo pronunció su sentencia: «Dios ha muerto».

Luciano Fernández Mata.

XII. El tiempo.

Dionisio 'El Exiguo'.

El título de este opúsculo pertenece a la tesis doctoral del profesor italiano Sergio Di Mantova, oriundo de Pistoia (1937), cuya defensa realizó en febrero de 1963 en la Universidad de Bologna, y que a pesar de haber merecido una calificación de sobresaliente *cum lauden*, debido a un siempre inadecuado incendio, no fue posible su publicación, dado el incordio que suponía tener que volver a mecanografiarla. Han llegado a nosotros algunas de sus notas, que nos permiten barruntar el origen temático, investigación y cavilaciones del académico peninsular.

Como en todo trabajo de especulación universitaria, muchas veces la intuición moviliza al pensamiento, bajo formas apenas advertidas por la inteligencia humana. El académico había trazado un plan de tesis oriundo en Dionisio, aquel dios griego del vino, la diversión, el teatro, que había descubierto las bondades de la vid, y a quién Hera por venganza, le hizo perder la cordura por embriaguez; sabía que era un dios de ritos misteriosos, profanos, un compañero de beodos y perdularios que buscan diversión en la noble bebida de consagración neotestamentaria. Temió por el éxito de su trabajo, al socaire de creer que carecía de rigor científico; no lo desanimó esta circunstancia y quedó impactado al verificar que en el tesauro de la universidad, se advertía la presencia bibliográfica de dos Dionisios más, con elucubraciones que reclamaban su mejor empeño. Dejó de lado a la profana divinidad griega.

No sin asombro, constató que eran casi contemporáneos, a entrepiernas de los siglos V y VI de nuestra era. Según consta en uno de sus manuscritos, indicó expresamente "*ho trovato l'argomento della tesi*".

Dionisio el 'Areopagita' y Dionisio el 'Exiguo', no sólo ejercieron una importante influencia en la escolástica medieval cristiana, además, han tratado temas de inexorable vigencia para generaciones posteriores, y de allí, surgió la idea de elaborar un plan de doctorado que trace un análisis de sus paralelismos, a pesar de la diversidad de argumentos a los que dedicaron sus esfuerzos. Los unía una cierta excentricidad, propia de aquellas inteligencias que aparecen de tanto en tanto.

Al primero de ellos se le adjudicaba un discipulado con San Pablo, a partir de sus propias manifestaciones que lo identificaban como integrante del Areópago, y convertido al cristianismo luego de los esfuerzos peregrinos del apóstol (Hechos 15, 34); pero esto fue sólo una suposición, que el doctorando advirtió al estudiar sus escritos, debido a la influencia neoplatónica que los mismos tenían, sobre todo a partir de fragmentos pertenecientes a Proclo. Se sumó a la tradición admitiendo en el texto doctoral, y tal como se lo ha conocido a partir de aquellas conclusiones, que en realidad era el Pseudoaeropagita o Pseudodionisio. Así pasó a la historia.

Sobre este primer Dionisio, Di Mantova, escudriñó los temas que fueron objeto de su tratamiento en los primeros siglos de cristianismo; concluyó, que había concentrado sus esfuerzos en hallar la naturaleza de Dios y las posibilidades que tenían los seres terrenales de nombrarlo en forma correcta o errónea. Usó metáforas hasta donde su entendimiento lo permitió, indicando que Dios es la luz que ilumina a todos los seres, que son tales, sólo en la medida en que esa luz se desparrama por todos los entes; y aun desperdigándose la luz, no se pierde y liga a todos por el amor. Una verdadera escultura de la imaginación que pareciera haber influido hasta en las pinturas religiosas del medioevo, pues plasman en derredor del Señor una aureola blanquecina sobre su cabeza; pareciera haber dejado también alguna huella en el deísmo spinoziano.

No obstante, le llamó más la atención, la vida, obra e influencia posterior de Dionisio 'el Exiguo', casi contemporáneo del Pseudoaeropagita. Había nacido alrededor del 460 d.c. en el imperio bizantino, y como todo monje de la época dedicaba largas horas al estudio de libros sagrados y las matemáticas, pero a principios del siglo VI se instaló definitivamente en Roma, para integrarse a la curia central.

Este monje escita fue maestro de Teodorico 'el Grande', cuando este último se convirtió al cristianismo. Aun así, no ha sido esta particular circunstancia de la docencia, la que convirtió al Exiguo en un hombre que recordaría la historia.

Dedicó gran parte de su vida a establecer la fecha exacta de la Pascua de Resurrección, debido a que no quería continuar el cómputo de años cuyos cálculos se basaban en las viejas tablas de Pascua del calendario Diocleciano; sostenía que las persecuciones a los primeros cristianos que había instaurado aquel Emperador no lo hacían digno de usar su método para contar los días de la nueva era; por otra parte, tomar como referencia la fecha de la fundación de Roma (*ab urbe condita -a.u.c.-*), importaba poco menos que anteponer a la pasión del Señor, los caprichos de una loba que había amamantado a Rómulo y Remo, cuestión que semejaba mucho más a un cuento infantil que a una realidad de Fe. Con la venia papal se decidió a cambiar la situación, colocando una verdadera bisagra en la historia universal de occidente.

Intentando establecer la fecha de nacimiento del Redentor, utilizó los años dioclecianos que se usaban en las viejas tablas de Roma, y así asentó, que Jesús había nacido en el 753 a.u.c, cuando en realidad el episodio debió suceder en el 746 a.u.c. Llegó a esta conclusión porque cometió el error de datar mal el nacimiento de Herodes I El Grande, y en consecuencia, efectuar un corrimiento de 4 a 7 años en la fecha de natalicio del Salvador.

No obstante, su sistema del *Anno Domini*, fue utilizado en una obra acerca de la historia eclesiástica de los ingleses, y acaso por las particulares características de este pueblo marinero, expansivo y colonizador, su uso se volvió excluyente en toda la Europa occidental, y más tarde en la América colonizada.

En el alto medioevo no se conocía el número cero, y en consecuencia, los días antes de Cristo pertenecen al año -1, en tanto que los siguientes al +1. Para el doctorando de aquel entonces, esta particular circunstancia no le causó conmoción alguna, concluyendo que entre el año -1 y el año +1, existía apenas un instante, despreciable, ignoto de tiempo, en fin, aquello que ya se conocía por entonces como un conjunto vacío en la teoría de Cantor (*Mathematische Annalen*, 1872); tenía existencia simbólica pero no real. Apenas un brindis con sidra fría en la cena de año nuevo.

El profesor de Pistoia dejó en alguna de sus notas, algunos pueriles paralelismos que halló entre los dos personajes, pero los mismos, en modo alguno podían formar parte de una defensa de tesis doctoral, dado el poco bagaje de reflexión que importaban; de esta forma escribió de su puño y letra, que le llamaba la atención que ambos compartían ese nombre, y a su vez, siendo hombres de iglesia, exhibían sendos apodos; el primero de ellos dedicó su empeño a establecer, si se podía nombrar o no al Señor con algún nombre, en tanto que el otro, agotó sus esfuerzos en averiguar cómo debían contarse sus años.

En el caso del Pseudoaeropagita toda la bibliografía aclaraba su origen, pero en el asunto del "Exiguo", aun cuando no pretendía disponer de su tiempo para estos argumentos, dejó anotadas sus dudas en orden a explicarse a sí mismo, el origen de esta denominación. Como suele ocurrir en estos casos, comenzó por analizar la cuestión en el idioma al uso: *Dionysius Exiguus*; lo poco, lo corto, lo bajo.

En ocasión de visitar el archivo vaticano con la idea de revisar un importante material para su tesis, halló por casualidad una carta que el mismo Dionisio le enviara al Papa Hormisdas, en la que se refiere a sí mismo y con el tenor coloquial propio de la época como *"mea parvitas"*, acaso haciendo alusión a su pequeñez de monje frente a la talla de la autoridad moral del Pontífice. Coincidimos con el doctor Di Mantova, que no resultaría apropiado concluir que la expresión latina hacía referencia a su estatura física, toda vez que hubiera sido poco menos que una falta de respeto que se dirigiera al sucesor de Pedro, firmando como "un enano".

Sin descuidar el corpus de su trabajo doctoral, el profesor italiano le reclamó una y otra vez a los antiguos documentos que consultaba, alguna clase de referencia que permitiera establecer el origen del apodo; nada pudo ser ubicado, motivo por el cual, esbozó dos teorías de imposible defensa frente a un tribunal de notables.

Por un lado, masculló para sí mismo y anotó, que habiendo sido maestro de Teodorico El Grande, y debido a la importancia política que este rey había adquirido, se habrá sentido satisfecho por la formación que le había brindado pues había superado al maestro en fama y honores; al mismo tiempo, se había transformado en un personaje cruel y el monje era un hombre de paz, pudiendo haber sentido que había fracasado en su misión; esta suposición no convenció al doctorando, concluyendo que Dionisio podría haber sido humilde ante un Papa, pero que no tenía sentido alguno que lo fuera ante el poder y la infamia terrenal.

Una y otra vez maldijo la inexistencia de pinturas o esculturas del "Exiguo", pues en ellas, sería posible hallar alguna explicación acerca de los detalles de su contextura corporal.

Por otra parte balbuceó en más de una ocasión, acerca del nimio error que se le adjudicaba a este matemático conventual, en una época en la que no existía luz artificial para trabajar de noche, documentación certera respecto de hechos históricos, haciendo uso de viejos papiros apilados en bibliotecas monacales, que no sólo habían transitado los polvorientos caminos que van del oriente hacia el occidente de una Roma acosada por bárbaros, sino también, enfrentando la dura tarea de traducirlos al griego y luego al latín. Por aquel entonces vivir en la curia romana, importaba hallarse sometido a una tensión permanente entre el poder de los bárbaros, el senado romano y el poder de la iglesia; pero el conflicto más grave era oponerse a la violencia del arrianismo que negaba la divinidad consubstancial de Cristo.

La época no era fácil para los estudios teológicos, a tal punto, que perduraban los inconvenientes ocasionados por una sola "i" durante el concilio de Nicea, que se había reunido tres siglos antes: el concilio había dicho que Cristo era *"homoousios"*, es decir 'consubstancial' con el Padre; Arrio sostenía que era *"homoiousos"*, que se traduce como 'semejante' al Padre. Esa sola letra, transformaba en el arrianismo, a Jesús, como una persona más del corriente; exterminaba la Santísima Trinidad.

Desde el monacato se construía una Europa medieval, sustituyendo al imperio romano por un reinado que no era de este mundo, y calculando sus tiempos en tales condiciones; este Dionisio había cometido un pequeño error de algunos años en el medio de controversias e interpretaciones de muchos siglos, pero había dejado su huella tras los pasos de Cristo.

Sergio Di Mantova anotó en el borde de una amarillenta hoja de sus apuntes: *un leggero errore*[1] .

Juan López de Rivero

---

[1] Traducción: un yerro exiguo.

XIII.   La nada.

Instante.

"Como las olas se dirigen hacia la pedregosa playa,
así nuestros minutos se dirigen a su fin..."
(Soneto XL. W. Shakespeare).

Todas las ideas fueron pensadas por el griego.

Todos los sentimientos fueron escritos por el inglés.

Nada escapa al Tiempo...y sólo somos un instante.

El Creador se le materializó al Patriarca de su pueblo elegido en una zarza encendida, que el fuego consumió con la brevedad de sus palabras: «Soy el que soy» fue su sentencia, definiendo así la naturaleza óntica de su ser.

Como hijos creados a su imagen y semejanza, somos sólo eso, sólo lo que somos, un instante, sin pasado ni futuro, que nos consumimos como una zarza encendida en nuestro infinito presente.

Porque como dijo el griego, la parte goza de las cualidades del todo.

Porque como escribió Shakespeare...

Luciano Fernández Mata.

XIV. Lo onírico.

«El otro» y nadie.

Trataré de ser preciso en todo lo que me aconteció aquella noche. El rigor que exige la Historia y el personaje hacen que agudice la memoria (único testigo con que conté en aquella ocasión) para no pasar por alto cada mínimo detalle de lo sucedido. Las futuras generaciones necesitan de mi testimonio porque el jefe de redacción dio la orden de no publicar en el suplemento cultural del diario la entrevista que Él me concedió por considerarla irreal, ficticia, producto de mi obsesión por el personaje. Juro que no es así. Lo que me pasó, sucedió. Y dejo para la posteridad este escrito póstumo redactado al fin de nuestro encuentro.

Los hechos se sucedieron así. Ese día, a media tarde, recibí en la redacción del diario un llamado telefónico. Lo identifiqué por su casi inaudible voz y sin dejar que le presente mis respetos y la consideración de su llamado, me citó de modo imperativo para las once de la noche de ese mismo día en la Plaza San Martín y me precisó en el mismo tono: «Frente al Palacio Anchorena». No concluyó su llamado sin advertirme acerca de la puntualidad porque estaba apurado y disponía de poco tiempo.

Confieso que me sorprendió su inesperada comunicación telefónica, aunque no me asombró ni el lugar ni la hora que fijó para el encuentro porque sabía de sus hábitos de caminante nocturno.

Ansiaba poder entrevistarlo. Anduve años como un penitente buscándolo por sus lugares habituales o montando guardia frente a su domicilio sin hallarlo.

Debo admitir que, en la medida que me acercaba a la cita, mi excitación aumentaba. Tenía tantas preguntas sin respuestas que en la soledad de mi caminata por la calle Arenales al llegar a su intersección con la calle Esmeralda sentía la aceleración de mis pulsaciones.

La brumosa noche otoñal me impedía visualizarlo desde la lejanía. Recién lo distinguí a pasos del banco de piedra en el que estaba sentado, recostado sobre su emblemático bastón a la luz de la farola que le disipaba mínimamente la oscuridad a la que paternalmente estaba condenado.

Me detuve frente a él y mi amarillenta sombra le reveló mi presencia.

«Veo que fue puntual», me dijo. «Si», fue mi monosilábica respuesta ante la sorpresa de su inexplicable observación. Se incorporó (rechazando mi ayuda) y tomó mi brazo derecho cual lazarillo, invitándome con su impulso a caminar. Al cabo de unos cuantos pasos que no puedo precisar rompió el silencio y me dijo, mirando perdidamente un horizonte inexistente, «Vengo de lo de Adolfito», lo que intuía por su diaria costumbre culinaria en los últimos más de cincuenta años de su vida. Contorneamos la desafiante sombra del Padre de la Patria y fuimos lentamente descendiendo en callada procesión por uno de los senderos de la Plaza San Martín, sintiendo la frescura del río en el rostro y el aroma de la tierra húmeda de los canteros.

El me guiaba y yo sólo me preguntaba de qué modo podía hacerlo.

En el Retiro, viró su curso hacia el sur. Cómo le tira el sur a pesar de su amor por el norte, pensé, era el primer indicio de aquel al que venía a buscar, no a Él sino a «El otro», y me regocijé por el augurio porque su inconsciente se me manifestó por primera vez aquella noche. Iba por buen camino me dije.

Siguió con su paso cansino sin hablarme, tampoco la augusta presencia de mi acompañante me permitía que le hablara, menos me atreví a formularle alguna de las muchas preguntas que en tantos años me atormentaban de su vida. Sabía que la ocasión que se me presentaba era única y privilegiada, pero el inquisidor que llevaba adentro se encontraba momentáneamente redimido ante su presencia. Solo tenía que estar al acecho para cuando se me presentara la ocasión, para no obtener un irascible desplante ante una mínima intervención que considerase una impertinencia.

Al llegar a la calle Lavalle y sin saber hasta hoy como lo supo, espetó «¡Sólo con una modesta, angosta y popular calle se honra la memoria del primer mártir de la Patria!», y agregó girando su cabeza tratando de advertir (sin ver) algún atisbo de mi reacción «¿Dígame Ud. si no triunfó la barbarie?».

Callé y la pregunta se perdió en la bruma, y de nuevo el silencio. «Viejo zorro» pensé, «Me está midiendo, pero yo no vine por este, vine por el otro», me reafirmé.

Cruzamos la avenida Corrientes y reflexionó «¿Sabe por qué dejó de ser angosta?». No tuve tiempo de contestarle porque nuestro encuentro evidentemente nunca fue una conversación sino un monólogo. «No fue por el Progreso como han dicho sino para que el populacho llegué en masa al Palacio de los Deportes, a las reuniones del púgil del Régimen», y volvió una vez más su cara para tratar de advertir (sin ver) algún atisbo de mi reacción. Seguía tratando de provocarme con esta nueva celada, confundiendo 'ex profeso' fechas, hechos, lugares y personajes. Era muy hábil en el arte de irritar, muy irónico en sus dichos. Entendí que él también estaba acechándome y que ambos estábamos jugando el juego del cazador, yo por «El otro» y él por mí.

Atravesando la Plaza de Mayo me dijo casi susurrándome «Me enteré que ganaron las elecciones por quinta vez, aunque en esta ocasión los representa una reencarnación del Tigre de los Llanos, un comprovinciano», y comenzó el recitado que su prodigiosa memoria le permitía a pesar de su edad «*¡Sombra terrible de Facundo!, ¡Voy a evocarte, para que sacudiendo el ensangrentado polvo que cubre tus cenizas, te levantes a explicarnos la vida secreta y las convulsiones internas que desgarran las entrañas de un noble pueblo!. Tu posees el secreto: revélanoslo.*». Hizo una breve pausa y como una advertencia para futuras generaciones usándome de instrumento continuó: «¡No!, ¡No ha muerto!, ¡Vive aún!, ¡Él vendrá!», y exclamó «¡Qué escritor Sarmiento! Ojalá me le pareciera, aunque ese inicio siempre me resultó muy shakesperiano ¿No le parece?», y no esperando respuesta alguna agregó «La sombra del padre atormentó a Hamlet confesándole la traición de sus seres más allegados, desatando desde el principio el resto de la tragedia. Como la de Facundo, que le narró a Sarmiento otra tragedia, su Barranca Yaco ¡Qué escritor Shakespeare!, Yo recuerdo vagamente haber escrito algo acerca de su memoria», y volviendo al tema inicial agregó «Ve que no tiene cura la Patria, que se vuelve a la barbarie».

Y siguió actuando el mandato unitario impuesto por herencia familiar, reafirmado por la valentía de su ancestro, quien cabalgó solo con su poncho blanco y los brazos entrecruzados en su pecho, en nazarena pasión, contra la fusilería del enemigo vencedor de la batalla de «La Verde», buscando una heroica y romántica muerte que perdure en la literatura de su nieto. A continuación, me susurró «Hoy en la cena Adolfito me dijo que este imitador del Brigadier pretende asumir el poder en estos días, en el próximo cumpleaños de la Patria ¿Es cierto eso?». Y una vez más sin esperar mi respuesta, agregó «¡Menos mal que para esa fecha ya no estaré para siempre en mi mítica ciudad!», y se quedó en silencio y yo perturbado por esta última revelación. Acaso se exiliaría ante el advenimiento del nuevo gobierno pensé, si así fuera tendría el título de la entrevista, pero enseguida concluí que sería la hecha a él y no la de aquel a quien vine a buscar.

Seguía siendo el mismo que era me dije, aunque no dejé de advertir que se refiriera a Quiroga con la dignidad de su rango militar, ¿Era un atisbo de respeto? Quizás...pero sí, era un avance.

Continuamos caminando del brazo, él monologando sobre sus acumuladas obsesiones que traía desde pequeño: los tigres, los espejos, los laberintos, las bibliotecas, el tiempo, el infinito, la muerte, la inmortalidad y el olvido; que yo las conocía sobradamente por ser su ávido lector. Pero de pronto me desconcertó una vez más. "Sabe una cosa", y sin darme respiro para un simple monosílabo espetó "Como una vez dije en una conferencia dada en una universidad del norte, yo nunca cree un personaje, todos fueron mis *'alter ego'*, fui el héroe y el traidor, el asesino y su víctima, fui Julio César y Bruto, Hamlet y Claudio, Madden y Yu Tsun, Muraña y Chiclana, Fierro y el moreno, entre tantos otros. Todos y cada uno de ellos al mismo tiempo, uno en todos y todos en uno. No conté sus historias sino las mías, pero siempre en el pasado" y dejó flotando en el aire una sentencia cierta e inquietante para mí "Nunca escribí un cuento acerca de mi futuro, quizás lo haga en algún momento o lo esté haciendo...no sé" y nuevamente me miró sin ver, pero no contesté, me quedé atribulado.

Presumo que fue por la proximidad del Sur que intuía por sus olores, al cruzar la calle México recitó como una letanía los versos que compuso para su triste destino de ironía divina al darle Dios la Biblioteca y su ceguera, y agregó «¡Justo a mí, que jugué con todos los destinos, pero nunca con este!»; o, porque al atravesar la calle Brasil evocó su militancia en el partico Radical y su simpatía por «El Peludo»; o quizás, porque al bordear el Parque Lezama que le trajo el aroma de un gran amor naufragado por su madre cuando se enteró las ideas políticas de la festejada; tal vez fueron todas ellas o ninguna lo que le provocó su rebeldía y dejando de lado a «Georgie» me encontré con quien vine a buscar, con el representante de la Patria arrabalera, orillera y cuchillera, y entre tantos recuerdos palermitanos y anécdotas que me contó de aquellos tiempos fundacionales, me dejó sus sinceros respetos para su amigo Nicolás Paredes, «A quien le cargué innecesariamente una muerte que no hizo y la anda penando» y agregó «Por si lo ve», mientras su figura se perdía aquel 14 de junio en la bruma espesa del Riachuelo para volver a su última morada ginebrina.

Buenos Aires, 8 de julio de 1989.

Luciano Fernández Mata.

XV. El mito.

El hombre que buscaba una idea.

Sentado en un viejo baúl en la casa de sus abuelos reflexionaba una y otra vez acerca de los motivos por los cuales no tenía futuro. Se dijo a sí mismo, y ante un constante aliento de sus amigos, que debía encontrar la fórmula para resolver el estado de quietud que lo enraizaba a la habitación, no le permitía salir de lo conocido, explorar posibilidades de vida que superaran la rutina de los horarios prefijados, heredados por generaciones de culto familiar y social. Él creía que existían otros horizontes, estaba seguro de poder hallarlos.

Se entregó a la fatiga de revisar una escasa biblioteca instalada en la misma despensa en la que yacía el cofre sobre el que se había apoyado, donde también estaban dispuestos estantes con alimentos secos, conservas, un lavarropas y tres sogas para colgar las prendas lavadas en los días de lluvia. El olvido de su tío había dejado esos libros, emigrado de la casa familiar por razones de matrimonio, o acaso, convenientemente dispuestos allí, por haber pensado que superada la era de la tracción a sangre, el motor a explosión los había transformado en un artículo de museo y no tenían más nada que ilustrar. Si bien se parecían a los prolijos tomos del 'Tesoro de la Juventud', no había duda que pertenecían a alguna colección cuyo nombre no le quedó registrado, pero suficientes en cuanto a su contenido, para disparar artilugios del pensamiento que lo movilizarían por algunos meses.

Los primeros días descubrió que a Juan Jacobo Rousseau se le ocurrió inclinar el eje del planeta, al advertir que el hombre nacía bueno y luego la sociedad lo corrompía; quedó impactado por semejante variación de aquéllo que había leído de Caín y Abel en la Biblia familiar, la manzana y la serpiente, y todo lo que sería escrito interpretando que había una tendencia hacia el mal en el bípedo erguido y no en la sociedad, y por eso mismo, Cristo había bajado a la tierra para redimirlo. Le pareció extraña la propuesta, más aún, porque no se mencionaba a ningún Dios o dios, que respaldara el aserto; se advertía una especie de temeraria idea en el escritor francés, un capricho de barrio lanzado para la afiebrada imaginación de un mundo que siempre quiere cambiar las cosas, aunque no siempre sepa para qué. Pensó 'habrá sido el progreso'.

La radio cercana de su abuela transmitía un reportaje a un señor que no conocía, y que explicaba en forma académica que las sociedades modernas tienen cárceles para recuperar a quienes delinquen, educarlos, y devolverlos a su casa para que continúen trabajando, sin molestar a nadie. Un aserto de doctrina recogido de una ley importante o algo así. Esta ocasional distracción que lo separó de su momento reflexivo puro, le generó una paradojal idea ¿Si al hombre lo corrompía la sociedad cómo podría ser la misma sociedad en sus cárceles la que le quite el baño de corrupción que ella misma le proporciona? En una primera respuesta no se cuestionó demasiado y concluyó que era posible que si era la sociedad la que corrompía, también tuviera la fórmula del antídoto para hacerlo cesar en su estado de corrupción; después interpretó que esto no tenía sentido alguno, y además generaba un exceso de gastos de los tesoros públicos en el mecanismo de corromper para luego quitar la corrupción; no dejó de sugerirse que si las personas eran buenas al conformar una sociedad, no tenía por qué la sociedad transformarse en mala por la simple adición o colección de buenos; tomó en cuenta una posibilidad remota pero cierta: la existencia de otros factores que influyan en el proceso, que no se hubieran analizado. Decidió emprender esta tarea sabiendo que el hombre era bueno, ignorando a la serpiente y a la manzana.

Los tomos eran vetustos, pero tenían detallados e interesantes registros de una historia que él no conocía, y que por su misma condición de historia, tenía la vigencia de un presente que había pasado pero que había sido. Estaban ordenados y bien encuadernados, por temas y orden alfabético y cronológico, tal como suele ocurrir en este tipo de obras universales. Los fondos documentales de esa época informaban poco sobre civilizaciones antiguas y la edad media; había más prejuicios históricos que verificaciones científicas en ambos casos. De todas formas, al ginebrino lo halló en el segundo ejemplar, sobre un total de quince que allí dormían por falta de lectura habitual.

Cuando barrenaba con sus dedos por la 'D', descubrió a Desttut de Tracy, uno de los primeros escritores que aportó un significado al término *ideología*, como expresión histórico-social de un grupo, en tanto superestructura espiritual de fuerzas que no tienen nada de espirituales, intereses de clase, motivaciones colectivas inconscientes o condiciones concretas de la existencia en sociedad. Debido a que no tenía mucho más por hacer, se dijo a sí mismo, voy a convertirme en un ideólogo; pareciera que es prestigioso y dejaré de lado la intención de ser médico, ingeniero o arquitecto. Ellos apenas conocen una porción de la realidad, técnica, fría y seccionada.

Según lo planeó, primero debía hallar una idea para poder ser ideólogo; por lo que sospechaba que bastaría con una idea con pretensión de importancia. Además, debía ser posible transformarla en una relativa interpretación de la realidad, hacia un absoluto imprescindible con el cual todo se explique y justifique. Sabía que la cuestión no era sencilla, pero tenía muy claro que con semejante alquimia se transformaría en el indispensable hombre que quería ser. En primer término, revisó a lo largo de aquella concentración de sabiduría que se advertía entre los libros que había hallado, los *logos* correspondientes a otros hombres para no caer en el absurdo de la reiteración, y en consecuencia, el descarte o el olvido, por parte de quienes lo escuchen al formular sus planteos.

No quería problemas con la religión, cuestión de presbíteros -se dijo-, motivo por el cual desechó todo intento de explorar cualquier clase de mecanismo que lo condujera a la idea de Dios; interpretó que bastaba con desconocer esa porción de la realidad, ignorarla, para dar por sentado que podría elegir algún otro ingenio para generar una obra literaria que se imponga como éxito de ventas por lo sabio de sus razonamientos.

Estaba seguro de poder forjar una nueva ciencia por simple voluntarismo, aun cuando no sabía, si discurriría por campos propios de lo exacto, matemático o geométrico, o en su lugar, hallaría principios que permitieran cambiarle la vida a la gente mediante la economía o cosas similares.

En el proceso de sus meditaciones estaba decidido a sustituir a la metafísica por la ideología, en la idea de engendrar cuando más no sea una noción de bienestar, consciente de que la ciencia es extraña a todo juicio valorativo, y por lo tanto no se la puede calificar de moral o inmoral; este último aspecto sería descartado porque ya se había discutido mucho en la historia sobre estas cuestiones perdiéndose un tiempo necesario para mejores empeños. Por otra parte, tenía claro en apartar a la metafísica, debido a que la gente estaba feliz o triste, pero siempre viviendo el día de su fecha y no se hallaba interesada en conocer qué pasaría dentro de una semana; el mero momento les impedía cualquier idea que lo transportara un poco más allá del barrio o en el tiempo.

En la mezcla de autores que fue deshilachando advirtió que no tenía sentido dar respuesta alguna a la cuestión de Dios, tal como había hecho Friedrich Nietzsche, sino que era mejor suprimirlo como problema. Para qué perder tiempo con cuestiones que están más allá de lo que podemos ver.

Quería avanzar en el desarrollo de una lógica cuyo objeto sea el presente en el que se plantea y se aplique como tal. Estaba seguro que la ideología era un formidable instrumento de explicación de la presente situación de nuestra sociedad que se exhibe bajo un aspecto claramente tecnológico, cruel, economicista.

También descartó materias conflictivas y que ya se habían enunciado como la libertad, el mercado, la revolución y la lucha de clases, la patria, la guerra justa, la modernidad. Todas fracasadas por el enceguecimiento de sus propulsores y la frustración de sus destinatarios; sobre cada una de ellas tuvo tardes enteras de reflexión, y aun sin desconocer que todas dejaron alguna huella, también debía admitirse que no lograron abarcar una efectiva vigencia en la totalidad del hombre.

El amor, esa especie de sentimiento agradable y doloroso al mismo tiempo, ya estaba inscripto en el marco de otros intentos, y su eventual utilización como soporte de la ideología que pretendía afirmar, hubiera aparecido como un simple mecanismo que no llegaba a explicar el todo que procuraba abarcar.

Había escuchado hablar de la posverdad, pero los libros que estaban a su alcance en el ámbito del baúl de los abuelos, no habían llegado a conocer la época en la cual podía suponerse que luego de la verdad podía haber algo, que sin ser verdad, sea verdadero. Se preguntaba qué significaba estar parado después de la verdad, y lo cierto es que las respuestas que elucubraba, no hacían más que desorientarlo: si estábamos en una era posterior a la verdad, no podía haber verdad; con lo cual, se había matado a la verdad -ya no era necesaria- o bien pretendía ignorársela con alguna finalidad de difícil elucidación. Advertía con claridad que vivir sin verdad era como negarle una brújula a Cristóbal Colón, mientras seguía sin encontrar una idea que lo transformara en ideólogo.

Le pareció oportuna la sustitución de la verdad por la mentira eficaz; por aquellos años en el barrio vivía un vecino que había comprado el primer televisor que salió a la venta. Para escuchar una primera transmisión, invitó a todos sus conocidos, quiénes sorprendidos por el aparato que transportaba la realidad de un lugar a otro, observaban la forma en que una reconocida actriz intentaba vender una máquina para hacer tallarines, a través del sutil artilugio del aviso publicitario; la mujer ilustró sobre las bondades técnicas y casi humanas del artefacto en no menos de diez minutos, prodigando su intervención en detallar cualidades del invento. Su abuela, presente en el acto oficial y barrial de la inauguración de la televisión, había sentenciado: "nunca será como el palo de amasar con el que estiro mis tallarines". El episodio le había permitido sospechar a la mentira eficaz, y el tiempo siempre sazonador del olvido y de la razón, terminó por demostrarle que a pesar de todo desaparecieron los palos de amasar y las abuelas, imponiéndose aquel aparato.

Se dijo para sí que el *logos* que fundamentaría su ideología sería la mentira eficaz. Le bastaba nada más que hallarle un nombre apropiado, simple para su fórmula, pero que parezca al mismo tiempo pleno de sabiduría, que impacte por su sola mención, aun cuando su contenido sea tramposo por pertenecer a la época de la posverdad; también sabía que no era muy honesto el procedimiento, pero tal como había ocurrido siempre en la historia, no se podía avanzar al futuro con ideas del pasado, por temor a ser considerado un conservador o un antiprogresista; sólo cabía ir hacia adelante, aunque sea mintiendo. Se le ocurrió una idea que no era original pero que resolvería el problema que tenía ante su vista; salió de la despensa, se dirigió al teléfono y llamó al sacerdote de la parroquia de Haedo, y sin darle explicaciones en demasía le preguntó cómo se decía en latín "mentira eficaz"; sin dudar, el Padre Hugo le respondió *"effective mendacium"*. Con este simple recurso, al cual echan mano muchos insignes profesores de la vida universitaria, creyó que había resuelto el problema. Ya tenía la ideología de la *"effective mendacium"*.

Sólo le quedaba analizar la forma en que presentaría este nuevo *logos* y fue así cuando cayó en la cuenta de que si pretendía ser eficaz mintiendo, debía falsificar el idioma; le bastaron apenas unos minutos para concluir que convendrían algunos cambios en el empleo del lenguaje para dar este segundo paso de credibilidad forzada. Sería suficiente con liberarse de las categorías de lo verdadero y lo falso, lo bello y lo feo, lo bueno y lo malo, ubicando al futuro como única cualidad que permite el avance de la historia, y sustituyendo unos pocos términos cuadraría su teoría apelando al reemplazo de aquéllos, por original, auténtico, fecundo, eficaz, significativo, abierto, ejecutor, hábil, avanzado, popular. Siempre evitando hablar de lo verdadero y lo falso, pues el tiempo de la verdad ya había pasado.

La búsqueda fue intensa, pero lo había logrado, allí sentado, en un viejo baúl en la casa de sus abuelos, sin necesidad de ver los naranjos del patio o el ciclo de las estaciones que le proveían sus frutos. Formó parte de su estrategia; si veía la realidad del afuera, no podía elucubrar nada porque todo ya estaba inventado; debía ignorarlo.

Cuando su hermana lo llamó desde la cocina familiar a almorzar unos fideos secos de paquete, que había comprado en el supermercado, se dijo a sí mismo, qué lástima que ya no esté la abuela con su palo de amasar.

Juan López de Rivero

XVI. Las formas.

In Memorian.

Los actos de las tragedias se dirigen de modo inexorable hacia el final preestablecido por el autor, como el curso causal de los sucesos de la vida en el plan infinito del Creador.

La "Trama" se repite cíclicamente desde el principio de los Orígenes, como un laberinto que entrecruza los destinos de los personajes al fatal encuentro.

A «El Hacedor» de los hados le agradan las repeticiones.

La literatura es testigo de la historia y ésta del tiempo.

César, en el pináculo de su gloria y a pesar de los malos presagios de Calpurnia, se levantó temprano aquella mañana, y sintiéndose aún enfermo se dirigió al altar de su sacrificio. En el trayecto le acercaron una nota en la que le revelaban la conjura del magnicidio. No la leyó. La guardó para después de su jornada en el Senado. La turba sabía de la confabulación, pero calló. En el fragor de las premeditadas dagas, con el último ultraje a su dignidad clavó su mirada en su hijo dilecto y le exclamó *«Tu quoque, Brute»*.

El destino del «*Dominus*» estaba escrito, como escrito estaba en la mente de su creador otro destino en la primera oración de la crónica de su muerte.

El día en que lo iban a matar también se levantó temprano para esperar el arribo del buque que traía al Obispo. Tenía la hojarasca de dos noches de parranda de una boda caribeña. De nada le sirvieron los augurios aciagos de Plácida Linero ni la nota que anónimamente le pasaron por debajo de la puerta principal de su casa anunciándole su destino. Esa mañana salió al encuentro de su expiación por la puerta trasera de la casa. El pueblo sabía de las intenciones vindicatorias de los gemelos Vicario por el honor mancillado de su hermana. En el frenesí cuchillero, Santiago Nasar con su último hálito de vida exclamó: «Tu también, Gabo».

Luciano Fernández Mata.

XVII. La procreación.

La cuarta protoforma matrimonial.

La inmensa península Arábiga es un desierto deudor de agua y plantas, de proporciones inimaginables para el hombre, que puesto allí, con la idea de poblarlo, debía cuidar las ovejas y proveer manos al tránsito de las caravanas que ingresaban desde Arabia del sur, rica y fértil, que producía incienso, mirra y otras sustancias aromáticas, hacia el Egipto faraónico y las provincias sirias del imperio Persa; sin herramientas, con multitud de camellos ignorados por el Corán posterior, y el designio de las cualidades amatorias del varón y la mujer, sutilmente imaginadas por algún dios, de entre tantas entidades que se alababan por aquellas soledades. Los babilonios, cananeos, fenicios y hebreos no conocían la zona y se registran los primeros combates alrededor del año 1100 (ac) entre israelitas y los nómades de Palestina; a estos últimos se los conocía como los hombres del Madian y las hostilidades eran permanentes entre ellos desde los tiempos del juez Gedeón (Jueces, 6, 2-5).

Era tan importante multiplicar los corderos como centuplicar la especie erecta para la guerra y la subsistencia; se necesitaban pastores, guerreros y beduinos. La soledad y el aislamiento era lo habitual. En un hadiz atribuido a Urba b. al-Zubayr, se refiere que Aisha, una de las esposas preferidas del Profeta (sea tenido con Alá, clemente y misericordioso) halló cánones matrimoniales muy comunes en los primeros años de la Hégira, y se empeñó en tratar de ordenar las protoformas de esas prácticas de la época preislámica o *yahiliyya*; algunas de ellas eran fuente de confusión y disputas entre los hombres. Eran cuatro los métodos para unirse en matrimonio antes de la iluminación de Mahoma (la paz sea con él): 1) este primer formato era muy similar al actual, y por su medio, un hombre proponía matrimonio al tutor de la mujer o a su padre y este último le asignaba una dote; 2) cuando el hombre no podía tener hijos, mandaba a su mujer a cohabitar con otro hombre; 3) un grupo de diez individuos como máximo, tenían por turno relaciones con una misma mujer, y cuando ésta quedaba encinta y había dado a luz, los convocaba y asignaba la paternidad del niño a uno de ellos; el elegido no podía sustraerse a la asignación.

En lo sustancial nos interesa una cuarta forma preexistente (4), debido a que era la más compleja de sobrellevar, por ser cuna de confusiones. La mujer, en muchos casos viuda o huérfana por los constantes combates que existían por la zona, colocaba una bandera en su puerta a modo de insignia, permitiendo que todo varón que deseara entrar, pudiera hacerlo libremente. La franquicia se extendía hasta su primera falta; cuando nacía el niño se convocaba a los fisonomistas para establecer mediante un juicio de aproximación corporal, quién era su padre. Ningún hombre solía negar esta paternidad, menos aún si el niño era varón, por lo útil que resultaría con los años para los menesteres de pastoreo o tareas de guerra. La época condenaba a las mujeres a una tarea exclusivamente reproductora, y a la espera que los padres de sus hijos se dignen a suministrarles alimentos.

En una ocasión, tal como era costumbre, se convocó a los fisonomistas para establecer a quién pertenecía un varón nacido en el mes 1 de Sefar; el niño tenía pelo renegrido, piel aceitunada y dos grandes ojos oscuros, facciones que en nada se diferenciaban de aquellas que poseían casi todos los seguidores del Profeta (la paz sea con él). Los peritos resolvían estos casos con más aproximación que ciencia, y en general, buscaban arribar a juicios terminantes para evitar disputas posteriores. Todos advirtieron dos peculiaridades que podrían encaminar la solución del enigma genético: el recién nacido carecía de lunar alguno que pudiera ser comparado con el que poseyera alguno de sus eventuales padres, por otra parte, sus orejas eran más grandes de lo habitual en los herederos de la raza; convocados los hombres que habían yacido con la mujer, los sabios genetistas advirtieron que ninguno de ellos poseía un lunar en parte alguna de sus cuerpos; se habían presentado veintidós, y ninguno tenía grandes orejas. Las deliberaciones se hicieron exhaustas, citando reiteradamente a la mujer, para interrogarla acerca de otros hombres que podría no recordar y que hayan pasado por su lecho. Una y otra vez, la madre manifestaba su honestidad en orden al número de visitantes que había recibido. No resultaba adecuado asignarle el hijo a cualquiera, porque al crecer, podría carecer de todo rasgo físico similar al de su padre y ser repudiado bajo un fútil pretexto para evitar la obligación alimentaria del progenitor. Optaron por realizar un receso intermedio de la asamblea, a los fines de aguardar, un primer crecimiento del niño para observar otro tipo de detalles: las formas de caminar, correr, hablar.

Mientras tanto obligaron a los veintidós varones a sostener con alimentos a quien provisoriamente llamaron Jamil, debido a su gran belleza. Se volvieron a juntar los sabios un año más tarde, y tampoco hallaron alguna similitud física con ninguno de los visitantes del lecho. Repitieron al quinto año y el resultado fue igual de frustrante, a pesar que uno de los hombres creyó reconocer los labios de su padre en los labios del niño; los fisonomistas hicieron comparecer al supuesto abuelo, sin advertir parecido alguno entre ambos, sospechando que intentaron timarlos por cuestiones de ambición, debido a que el niño crecía fuerte, sano y bello.

A los diez años de aquel parto, la mujer había dado a luz a ocho niños más, pero a todos ellos se les había ubicado un progenitor. Seguía criando a su lado al huérfano Jamil y no resultaba factible, en sucesivas asambleas de discernimiento, adjudicárselo a alguno de los veintidós hombres. Recurrieron a un trámite extremo; al cumplir dieciséis años decidieron mandar a Jamil a la guerra junto a sus posibles padres, y así todos fueron reclutados, con la idea de probar si aparecía algún rasgo común de valentía, destreza o cobardía, que permita suponer una relación de sangre con alguna de las paternidades. Relegaron la posibilidad de la muerte, pues interesaba en primer término, resolver el litigio del nacimiento. Al regresar el ejército de una batalla en las inmediaciones de Hedjaz, preguntaron a sus capitanes si habían advertido actitudes que permitieran establecer un laudo. Ellos respondieron que todos tenían en común una sola característica: habían muerto en batalla.

El pleito cayó en abstracto y fue llevado por los fisonomistas ante Aisha, para manifestarle la necesidad de interesar al Profeta (sea glorificado con Alá) de abolir esta forma de matrimonio de la *yahiliyya*, pues de haberse podido reconocer desde un principio la paternidad del niño, cuando menos él se hallaría con vida, por resultar la guerra un empeño de mayores. Fue así que aconsejaron cambiar el régimen matrimonial en aras de la continuidad y crecimiento de la comunidad.

Mahoma (bendiciones y gloria a su existencia) elaboró una verdadera doctrina social de la familia en el versículo 19 del sura IV, confirmado por los hádices y los ulemas de la ley; en ella se deja asentada la importancia del consentimiento de la mujer para el matrimonio y la efectiva identidad del padre. Se desechó la cuarta forma matrimonial de la *yahiliyya* pues impedía que una mujer pudiera reconocer al padre de su hijo, instaurándose la posibilidad de la monogamia y la poligamia en favor del hombre; siendo ambos métodos matrimoniales, harto seguros para el reconocimiento de una paternidad.

Esto explicaría la posibilidad que le fue concedida al hombre de tener varias esposas, evitando confusiones de paternidad en torno de una mujer que hiciera lo mismo; una madre siempre se reconoce al momento del parto.

Se infiere del hadiz narrado.

Juan López de Rivero

XVIII. La paradoja.

Versos 1.202-1.238.

Desde la ventana de la pulpería, acodado en una mesa, sorbía una caña y veía a la distancia, con la mirada perdida, el horizonte de la llanura pampeana.

Afuera, en el atardecer, el Sol se desgranaba en rojos de sangre que presagiaban más sangre; como adentro, el aire de la vigüela desgranaba historias de muertes, rompiendo así la monotonía de aquellos días de solitaria, silenciosa y pensativa vigilia.

Los parroquianos, sabiéndolo distinto, respetaban los tiempos de laboriosa soledad creativa de su defensor.

A lo lejos observó una polvareda que más tarde fue un relincho y reconoció a su bagual acercarse como una saeta.

«Era él nomás, sabía que no me defraudaría», pensó.

Lo vio apearse y darle rápida pastura y agua fresca al agitado animal mientras lo acariciaba y secarse el sudor de días de huida y espueliar la tierra con rabia y carraspear para aflojarse el polvo de la garganta y arreglarse el pañuelo y el sombrero.

Avanzó acomodado y con paso firme al encuentro.

Se le acercó a la mesa con la prudencia y la solemnidad que la presencia de su creador le imponían y, como no queriendo molestarlo, con respeto y voz grave le dijo: -«Con piermiso».

-«Sentate nomás», fue la lacónica respuesta que recibió, sabedor del apuro que traía su gaucho.

Sin darle pausa a su destino el recién llegado comenzó el recitado de sextillas octosilábicas que le había impuesto aquel ante quien comparecía.

«¿Por qué jue ansí Don José?.
Tuve dicha y jui dichoso,
d´hijos y china orgulloso,
hacienda y un gran rancho.
La dicha es pata e´chancho.
Y terminé en los calabozos.

Me atravesó en la huella
una partida e' milicos,
hablando siemprie a los gritos,
y por orden diún Juez de Paz
se acabó mi prosperidá.
¡La pucha que los maldigo!

Y me juí pa' las fronteras
con los indeos mesturao.
No vide niún crestiano
en ninguna toldería.
Viven de las correrías...
Y aguanté algunos años.

Y ansí, pa´cuando me volví,
Niún rastro me encontrié.
Una tapera mi vergel,
todo era un descampao.
D´hijos y china sacao,
que solo lágrimas solté.

Y aura ya ve mi don José,
la vida d´este desertor.
Que por bailar el pericón,
y medio desesperao,
a la farra me juí mamao
como manda la ocasión.

Al ver llegar la morena,
y con la lengua atrancada
no me juí pa´ las barajas
y como toro arremetí,
sin saber que gansada dir:
-`Vaca...yendo´, `Vaca...yendo´.

Y pa´embrollarme la vida,
sospecho y no me equivoco,
pa´que vea que no es poco,
el niegro me anda buscando.
Al alba andarié peliando.
¡La pucha d´este morocho!

Por eso don José pido,
implorando al Creador,
no termine su relación,

haciendo más mis desdichas.
Perdone que se lo diga,
aguándole la ocasión.

Quiera el Altísimo, su Dios,
a usté también perseguido,
con rispeto se lo digo:
¡No me falte en su oración!,
escuche la invocación
de su hijo más querido».

Y dicho lo dicho, se fue como llegó, corriéndole a sus desgracias.

Lo observó a través de la ventana huir por la llanura hasta que fue una polvareda en el horizonte y después un punto que al rato fue nada.

Volvió a estar solo y en silencio, sorbiendo de su copa el último hálito de la caña, pensando en el paralelismo de sus desdichas, sin llegar a distinguir lo que era de él y lo que le pertenecía a su gaucho.

Los lánguidos acordes de una vigüela, que llegaban desde un rincón en penumbras de la pulpería, lo trajeron de sus pensamientos.

De pronto tuvo piedad por su gaucho perseguido (o quizás por el mismo) y tomó la decisión de cambiarle su destino de muerte rimada que le aguardaba al alba.

Sólo faltaba que Melpómene no se le ausentara.

La noche siguió callada y expectante.

Los parroquianos que habían escuchado al desgraciado lo acompañaron quietos en la extensa vigilia, velando en silencio la pluma de aquel que los reivindicaba.

Con los gallos llegó la noticia y se propaló por toda la pulpería: «¡Don José encontró el ansiado final para esta nueva tropelía de su paisano!».

El desdichado había ensartado al moreno, luego de una atropellada que con el antebrazo aponchado abarajó, y con su facón de lima de acero le hizo un tiro al negro, dándole de punta y hacha. Con el cuchillo lo alzó, y como un saco de huesos al cerco lo largó. El infeliz tiró unas cuantas patadas y ya cantó para el carnero.

«Pobre Fierro», pensó don José, «el cuchillo es su fatal destino, como mía su vida de perseguido. Nunca olvidaremos la agonía del moreno».

Luciano Fernández Mata.

XIX. El ser.

Elegía a mi padre.

De la sombra que es sombra

Y aquí es promesa,

La muerte es apenas una idea,

Un abrigo en un frasco de madera,

Un alma que fue vida y que es espera,

Una sangre que fue tibia y fue caliente

Una mezcla de razas irredentas

Racimos de amores y de penas,

Excusas para el placer quieto de la mesa,

Del buen vino, que ayuda por nobleza,

Y es un alfa y un omega

Es un cuerpo que es cuerpo y con ésto

Todo lo que el cuerpo nos devela

El amor, los aromas, los colores,

La música del pimentón

De tu España con su siesta

Tus palabras, los jazmines,

Tus rosales y por qué no,

También tus errores y tu ciencia

Tu pelea fatigó hasta el último minuto

A las sábanas pulcras y molestas

Palpitando que no había otro destino,

Que este rito final de quietud y de tristeza,

De sentir que no había otras palabras,

Que agonicen en el verso de un poeta

Y que me inquietan este llanto contenido

Mezclado y dolido por su letra,

Al paso de una amargura como ésta,

Rescato tu nuevo silencio, me lo quedo,

para llenar el olvido y que el dolor sea pasajero.

Juan López de Rivero

XX.   La materia.

Todas las muertes.

En la coordenada de tierra y madera

Se desgranan materia y tiempo,

yace una muerte precaria

Más volátil que la vida que la engendra

En obligada decisión de cambiar calle por pradera

Impuesta siempre de inoportuno modo

Cuando todos extrañan tu presencia

En el solitario subsuelo, la primera noche nada altera,

Pero seguirán otras con lluvias y soles que renovarán

El gemido preciso de corrupción en tus venas

Tu sonrisa, tus miserias,

Igualado en el barro a quien antes se fuera

Te igualara el que sigue, y otro, y cuantos sean,

El agradable y el rechazado

Acaso el olvidado, que por estar allí,

Es de tu grado

En la inexistencia de aromas estará el silencio

Reflejo de todo cuanto pudiste haber callado

Y te irás hacia el inexorable siguiente paso

De este improvisado recorrido humano.

Juan López de Rivero

ÍNDICE.

I.	El alma. Una decisión olvidada.	5
II.	El génesis. Teodorico y su laberinto teológico.	7
III.	El laberinto. El "oscuro de Éfeso".	11
IV.	La sentencia. Un hombre sin apellido.	14
V.	El origen. Infidelidades.	17
VI.	La especie. La traición.	18
VII.	La verdad. El papiro perdido.	20
VIII.	El bien y el mal. Otra posible vindicación de judas.	23
IX.	La intuición. Aquiles.	37
X.	La tragedia. Salmo 41:10.	42
XI.	El fin. Ecce homo.	44
XII.	El tiempo. Dionisio "El Exiguo".	45
XIII.	La nada. Instante.	51
XIV.	Lo onírico. "El otro" y nadie.	52
XV.	El mito. El hombre que buscaba una idea.	57
XVI.	Las formas. In memorian.	64
XVII.	La procreación. La cuarta protoforma matrimonial.	66
XVIII.	La paradoja. Versos 1202-1238.	70
XIX.	El ser. Elegía a mi Padre.	75
XX.	La materia. Todas las muertes.	77

Made in the USA
Columbia, SC
15 June 2025